슬픔을 겪어야만 열리는 문이 있다

와카마쓰 에이스케

슬픔을 겪어야만 열리는 문이 있다

북플랫

김순희·안민희 옮김

슬픔을 겪어야만 열리는 문이 있다

초판 1쇄 2025년 3월 14일
지은이 와카마쓰 에이스케
옮긴이 김순희 안민희
펴낸이 박경순
디자인 강경신

펴낸곳 북플랫
출판등록 제2023-000231호(2023년 9월 12일)
주소 서울시 마포구 토정로 222 306호
이메일 bookflat23@gmail.com

ISBN 979-11-94080-08-4 03830

• 책값은 뒤표지에 있습니다.
• 파본은 구입하신 서점에서 교환해드립니다.

첫머리

서른이 막 되었을 무렵이다. 말이 사라지는 듯한 경험을 했다. 당시 나는 근무하던 회사에서 새로운 일을 맡았는데 그 일이 나에게는 힘에 겨워 상당히 불안한 상태였다. 떠올리기조차 싫을 정도이다. 뭘 할 수 있는지에 대해서만 생각했지 뭘 해야만 하는지는 거의 생각하지 못하고 있었다. 마음속은 바라는 것들로 가득 찼고 성공하고자 하는 일념뿐이었다.

겉으로 보기에 희망이 넘치는 사람처럼 보여도 정작 그 순간 우리는 인생의 물음과는 거리가 먼 곳에 서 있는 경우가 있다. 마음의 소리를 듣지 못한다면 타인의 소리도 들을 수가 없는 것이다.

기도하는 것과 바라는 것은 다르다. 바란다는 말은 자신이 원하는 것을 누군가에게 호소하는 일이지만, 기도는 오히려 그 누군가의 목소리에 귀를 기울이는 행위이다.
그 시절 나는 타인에 대한 사랑도 없었고 위로하려는 마음도 가지지 못했다. 아무튼 자신감이라고 부를 만한 게 하나도 없었던 때였다. 누군가를 신뢰하기 이전에 자신조차 믿을 수가 없었다. 그중에서도 가장 결핍되어 있었던 것은 기도였던 것 같다. 인생의 목소리에 귀를 기울일 수 없는 상태에 이른 것이다.
《밤과 안개》의 저자 빅터 프랭클(Viktor Emil Frankl)은 살아간다는 것은 인생이 무엇인지를 묻는 게 아니라 인생의 물음에 답하는 것이라고 했다. 인생은 정답을 요구하지는 않지만 언제나 진지한 응답을 원한다.
인생은 쉽게 문자로 표현할 수 있는 언어로

말을 걸어오지는 않는다. 인생의 물음 앞에서 진지하게 마주하려 할 때 우리는 문자를 초월한 인생의 언어를 깨닫게 되어 내면의 시인을 깨울 수 있다.

> 내 안에 시인이 있다.
> 내면의 시인이 있다.
> 시인은 내가 말을 하면 침묵하고 입을 다물면
> 조용히 말하기 시작한다.
> 시인은 말을 신뢰하지 않는다 신음소리나
> 한탄만이 전할 수 있다는 것을 알고 있다.
> 그러므로 시인은 끊임없이 눈물을 흘린다.
> 시인은 말을 신뢰하지 않는다.
> 그러므로 입을 다문 채 기도만 하기도 한다.

어느 순간 시라고도 부를 수 없을 것 같은

무엇인가가 가슴 속에 자리 잡았다. 그리고
그것을 글로 옮기고 보니 평소 잊고 있었던
내면의 소리였다는 생각이 들었다.
우리가 말을 하려는 것은 전하고 싶은 뭔가가
있어서라기보다는 말로 다할 수 없는 것이
가슴 속에 남아 있다는 것을 느끼고 있기
때문일 것이다. 말로 표현할 수 없는 것이
온몸에 충만해질 때 비로소 우리는 말에 가장
가까워지는 것은 아닐까 생각한다.
이 책에 담긴 스물여섯 편의 에세이는 그런
심정을 담은 이야기들이다.

차 례

슬픔의 비의(秘義)

1

눈물이 반드시 뺨에서만 흐르는 것은 아니다.
슬픔이 극에 달했을 때 눈물은 말라버리기도
한다. 깊은 슬픔 속에서 용기를 내어 힘들게
사는 사람들은 눈에 보이지 않는 눈물이 가슴
속에서 흘러내린다는 사실을 알고 있다.
누구나 슬픔 가운데 살아가야 할 때가 있다.
해가 바뀌고 새해를 맞이할 때에도 어딘가에서
홀로 슬퍼하는 사람이 있을 것이다. 이 슬픔에
과연 끝은 있을까 하는 생각이 들 정도로 깊은
비탄 속에서 하루하루를 보내는 사람들도
적잖이 있을 것이다.
일본인은 오래전 '슬프다'를 '슬프다(悲し)'만이
아니라 '사랑스럽다(愛し)' 혹은
'아름답다(美し)'라는 한자를 사용했다. 슬픔
속에 숨 쉬는 사람은 아름다울 수밖에 없다.
여기서 말하는 아름다움이란 화사함이나

화려함, 호사로움과는 거리가 멀다. 곤경 속에서도 하루하루를 열심히 살아가는 자가 발산하는 빛과 같은 것이다.

인생에는 슬픔을 겪어야만 열리는 문이 있다. 그러므로 슬퍼하는 사람은 새로운 삶이 시작되는 순간을 지켜보고 있는 자들일지도 모른다. 슬픔을 그저 피해야만 한다고 생각하는 사람은, 그것을 짊어지고 걸어가는 사람에게 깃들어 있는 용자(勇者)의 영혼이 보이지 않을 것이다. '고이와이 농장'이라는 제목의 시에서 미야자와 겐지(宮沢賢治)는 슬픔에 대해 이렇게 쓰고 있다.

> 이제 결코 서글프지 않아
> 몇 번이고 서글프지 않다 한들
> 또다시 서글퍼질 게 분명하니까

하지만 지금은 이걸로 족해
모든 서글픔과 비통함을 불태워
우리는 투명한 궤도 위를 걸어갈 것이다.

——— 미야자와 겐지, '고이와이 농장'

겐지는 여동생 도시가 세상을 떠나기 반년 전에 이 시를 썼다. 여동생을 몹시 아꼈던 겐지에게 그녀의 죽음은 자신의 반쪽이 떨어져나가는 듯한 고통을 안겼다.
시를 썼을 때 여동생은 병상에 누워 있었다. 그녀의 죽음이 머릿속을 몇 번이고 스쳐 지나간다. 괜찮을 거라고 마음을 먹어봤자 또다시 서글픔이 밀려올 게 분명했다. 그래도 어쩔 수 없다. 어둠에 휩싸여 빛을 잃을지도 모른다. 설사 그렇다고 해도 나는 주어진 길을 '모든 서글픔과 비통함을 불태우며' 걸어가고자 한다는 것이다.

'투명한 궤도'라는 표현은 인생이라는 길은 눈에 보이지 않고 저마다 다른 고유한 것이라는 의미를 담고 있다.

똑같은 슬픔이란 존재하지 않는다. 그런 상황에 맞닥뜨려 본 적이 없다면 슬픔의 실상에는 다가갈 수가 없다. 똑같은 슬픔이 없기에 서로 다른 두 슬픔은 울림을 주고받으며 공명하는 것이다. 홀로 슬퍼하는 사람의 심정은 시공을 초월해 넓고 깊은 곳에 있는 타인에게 전해진다. 그러한 슬픔의 비의를 간직한 채 겐지는 시로 새기며 살아갔다.

세상을 떠난 소중한 사람을 떠올릴 때 우리는 슬픔을 느낀다. 하지만 그것이 매번 단순한 비탄으로만 끝나는 것은 아니다. 슬픔이 이별 뒤에 다가오는 현상이 아니라 망자와의 만남을 알려주는 일이라고 느낀 적은 없는가? 사랑하는 이가 바로 곁에 있다는 것이다. 어째서 슬픔을 지워버려야만 하는가? 어째서 극복해야만 하는가? 겐지가 그랬던 것처럼 슬픔이 있기에 살아갈 수가 있다. 그렇게 생각하는 사람도 있는 것이다. 누군가를 더 이상 마주할 수 없게 되고 나서, 그 사람을 만난 진정한 의미를 깨닫게 된다.

해후의 기쁨을 느끼고 있다면 그 감정을 조금 더 소중히 여겨도 좋을 것이다. 용기를 내서 말로 표현해야만 한다.

당신을 만나서 행복했다는 말을 전하는 것부터 시작해보자. 상대가 눈앞에 없어도 상관없다. 그저 마음속으로 그렇게 말을 거는 것만으로도 뭔가가 변화하기 시작하는 것을 느낄 것이다.

눈에
보이지
않지만
명확한
것

우연히 일어난 어떤 사건을 통해 마음속으로 빛이 들어오는 듯한 느낌을 받은 적이 있다. 그 빛을 눈으로 직접 본 것은 아니지만 빛이라고밖에 설명할 수 없는 그 무엇인가가 가슴 속을 관통하는 것처럼 느꼈다. 우리는 진심으로 이해했을 때 '아, 나 알았어'라는 말을 과거형으로 사용한다. 그러고 나서 익숙한 상황이지만 진정한 의미를 그제야 깨우친 것처럼 흥분해서 말하기 시작한다. 일상에서 자주 경험하는 이러한 현상은 우리를 일깨워주는 그 무언가가 이미 우리의 내면에 존재하고 있었다는 것을 알려주는 것이다. 빛은 존재하지 않는 것을 비출 수 없기 때문이다. 어느 날 미술관에서 갑자기 뭔가에 얻어맞은 듯한 충격을 받고 그림 앞에서 멍하니 서 있는다든지 공원에서 꽃을 피운 한 그루의

나무에 매료되어 버린다든지 거리에서
흘러나오는 음악을 듣고 눈이 번쩍 뜨인다든지
하는 경험을 하게 된다. 하지만 다른 사람들은
아무 일도 없었다는 듯이 내 옆을 스쳐
지나간다. 인생을 변화시킬 만큼 큰 사건이
일어나고 있는데도 주변 사람들은 아무도
그것을 깨닫지 못한다.
책과의 만남도 비슷한 상황에서 일어난다.
찾고 있던 한 권의 책을 어렵게 만났을 때
우리는 단순히 새로운 언어를 접하게 되었다고
생각하지 않는다. 시공을 초월해서 찾아온
미지의 존재이지만 아주 오래된 친구를 만나게
된 것처럼 느낀다.
하지만 내가 경험한 일을 아무리 열심히
설명해도 다른 사람들에게 전할 수 없을 때는
그저 조용히 책을 선물하기도 한다. 그와는

반대로 누군가로부터 받은 책인데 좀처럼 손이 가지 않는 경우도 있다. 책을 보낸 사람은 자신이 경험한 작은 '사건'이 다른 사람에게도 일어날 거라고 믿고 있다.
인생의 기로라고 부를 만한 사건은 그것이 자신에게 아무리 강렬했다 하더라도 타인과 공유할 수 없는 것이다. 이유는 분명하다. 그 모든 것이 우리의 내면세계에서 일어난 나만의 '사건'이기 때문이다.
희망, 사랑, 신뢰, 위로, 격려, 치유, 그 어느 것도 살아가는 데 없어서는 안 되는 것들이다. 하나같이 눈으로 볼 수도 없고 손으로 만질 수도 없다. 하지만 보이지 않는 것과 존재하지 않는 것은 다른 것이다. 눈에 보이지는 않지만 존재하는 그 무엇인가가 우리의 인생을 바닥에서 지탱해주고 있다.

시를 쓰며 살고자 하는 젊은이가 있었다. 시를 쓴다는 것은 내면세계에서 벌어지는 일들 속에 진실이 담겨 있다는 것을 언어로 증명하려는 행위이다.
청년은 어느 날 아무런 언급도 없이 시인 릴케(Rainer Maria Rilke)에게 자작시를 보냈다.
릴케는 다음과 같은 구절을 적어 답장을 보냈다.

> 이런 짓은 그만두십시오. 당신은 외부로 눈을 돌리려 하고 있습니다.
> 하지만 지금 당신이 절대로 해서는 안 되는 것이 바로 그것입니다.
> 아무도 당신한테 조언하거나 도움을 주거나 할 수는 없습니다, 그 누구도 말입니다. 한 가지 방법만이 있을 뿐입니다. 자신의 내면

속으로 들어가는 것입니다.

——— 라이너 마리아 릴케, '젊은 시인에게 보내는 편지'

우리는 누구나 예외 없이 가슴에 시인을 품고 있다. 시를 쓸지 말지는 상관없이 시정(詩情)을 품고 있는 것이다. 그렇지 않으면 진리나 선, 혹은 아름다움을 접한다 해도 아무것도 느끼지 못하고 그것을 누군가에게 전하고 싶다고 생각할 수도 없을 것이다.
내면의 시인은 이렇게 말한다. "보이지 않기 때문에 명확하지 않은 게 아니야. 보이지 않아서 더 명확한 거지."

낮고
농밀한
장소

'읽는다'는 말은 반드시 문자를 쫓는다는 것을 의미하지는 않는다. 마음을 혹은 분위기를 '읽는다'고 하고 시구를 읽고 노래를 읊기도 한다. 일본어에서 '읽는다(読む)'는 말은 '바라본다'라고도 말한다. 《신고금와카집(新古今和歌集)》에서 '바라본다'는 말은 먼 곳을 바라본다는 것뿐만 아니라 다른 세상을 인식한다는 의미를 나타내기도 했다. 책을 읽을 때 우리는 기호를 넘어선 무엇인가를 인식한다. 표기된 문자의 이면에 숨겨진 의미가 있다는 것을 알게 된다. 행간을 읽는다는 말은 그러한 부분을 어떻게든 말로 하려고 한 사람이 고심 끝에 만들어낸 표현일 것이다. '읽는다'는 말에는 어딘가 또 다른 세상을 느끼려고 하는 의지가 엿보인다.

그런가 하면 열심히 읽으려고 하는데도 전혀

'읽어낼' 수 없는 경우도 있다. 책을 펼치고 적혀 있는 사실들을 하나도 놓치지 않으려고 열심히 찾아보면서 읽지만 말의 문이 열리지 않는다. 뭔가에 가로막힌 듯한 기분이 드는 것이다.

뭔가 중대한 발견을 할 생각으로 만반의 준비를 할 때 거의 무의식적으로 '중대한 것'이 이미 설정되어 버린다. 그렇게 되면 그런 설정에서 벗어나는 것을 간과해버린다. 미래에 대한 안이한 예측은, 상상을 초월해서 다가오는 미지의 사건의 도래를 방해하고 있는지도 모른다.

자신이 찾고 있는 것이 무엇인지, 진심으로 필요한 것이 어떠한 모습을 하고 있는지 우리는 모르는 경우가 많다. 또한 자신이 바라고 있는 것이 원하는 모습으로 나타나지는 않는다. 이 세상은 의미 있는 가능성으로 가득 차 있다.
새로운 인생의 기회가 될지도 모를 만남을
가로막는 것은 알고 보면 우리가 만들어낸
의도와 계획일지도 모른다.
오치 야스오(越知保夫)라는 비평가가 있다.
고바야시 히데오론을 비롯하여 일본의
고전부터 근대 프랑스 철학에 이르기까지,
이전에 볼 수 없었던 문체와 독특한 정서를
가지고 나타난 인물이다. 하지만 그는 병으로
쓰러져 단 한 권의 저서도 세상의 평가를 받지
못한 채 49세의 나이로 세상을 떠났다. 그는
'읽는다' 혹은 인식의 사각지대에 대해 다음과
같이 썼다.

> 역사적인 견지이든 심리학적인 견지이든
> 간에 사람을 위에서 내려다보는 자는 자신도

그와 다르지 않다는 사실을 망각하고 있는 것이다. 그 사람이 서 있는 곳에서는 사물이 잘 보일지도 모른다. 그런데 그게 너무 잘 보이는 것이다. 《팡세》가 우리를 인도해주는 곳은 그러한 높은 곳이 아니다. 파스칼은 우리를 더 낮은 곳으로 인도해준다. 공기가 더 농밀한 곳으로.

——— 오치 야스오, 《고바야시 히데오론》

현대인은 정보를 입수하는 데만 급급해 보이지 않는 것을 읽어내지 못하고 그저 많은 것에 대해 알려고만 한다. '읽는다'는 것은 단순히 문자를 쫓는 게 아니라 앞서 오치가 말한 '낮은 곳', 공기가 농밀한 장소로 가서 언어 깊숙한 곳에 숨겨진 의미를 발견하는 것이다.
공기는 눈에 보이지 않지만 온몸으로 그 존재를

느낄 수 있다. '읽는다'는 것도 눈과 머리뿐
아니라 온몸을 열어젖히고 마주해야 한다.
읽는 것은 쓰는 것보다 낫다고도 부족하다고도
말할 수 없는 창조적인 행위이다. 작품을 쓰는
것은 작가의 역할이지만 완성하는 것은 독자의
몫이다.
작품은 작가만의 것이 아니다. 글을 다 쓰고
난 시점에서 작품은 작가의 손을 떠나간다.
글은 쓰는 것만으로는 완성되지 않고 독자들이
읽음으로서 결실을 맺는다. 독자들이 읽어야만
비로소 영혼에 말을 건네는 무형(無形)의 언어가
되어 세상으로 나간다. 독자는 작가와는
다른 눈높이에서 작품을 읽고 다른 뭔가를
창조해낸다. 작가는 자신이 무엇을 썼는지
작품의 전모를 잘 알지 못한다. 그것을 아는
것은 언제나 독자의 몫이기 때문이다.

끝을 알 수 없는 '무지'

4

"넌 그런 사람이잖아"라는 말을 들으면
누구라도 조금은 불쾌해질 것이다. 물론 그런
말을 들을 만도 하겠지만 꼭 그렇지만도 않다고
반론하고 싶은 마음이 불쑥불쑥 솟아오른다.
철학의 시조라고 불리는 소크라테스는
철학이란 '무지의 자각'을 하며 사는 것이라고
말했다. 마음속 깊은 곳에서 정말 모르겠다고
느끼는 것이 철학의 원점이다.
무엇인가에 대해 진심으로 알고 싶다면
마음속에 무지의 방을 만들어야 한다.
'알았다'고 생각한 순간 우리는 더 이상 탐구를
계속하려 하지 않기 때문이다.
소크라테스가 말하는 '철학'이란 단순히 지식을
축적하는 것이 아니다. 그것은 진심으로 진실에
다가가고 싶은 바람, 예지(叡智)를 탐구하는 것
외의 다른 그 무엇도 아니다. 그렇기 때문에

소크라테스가 생각하는 철학자란 지식이 많은 것을 자랑하는 사람이 아니었다. 오히려 그는 헛된 지식은 불필요할 뿐만 아니라 예지와 인간의 관계를 방해한다고 생각했다.
소크라테스는 글을 남기지 않아서 그의 말이 전해진 것은 제자 플라톤의 대화편에 있는 게 전부이다. 그중 하나인 《메논》이라는 제목의 작품에서 소크라테스는 '안다'는 것에 대해 다음과 같이 말하고 있다.

> 아무래도 너는 내가 뭔가 특별하게
> 은총이라도 받은 사람처럼 보이는 것 같구나.
> 덕(德)을 가르칠 수나 있는 것인지, 아니면
> 노력을 하면 갖추어지는 것인지, 그런 것을
> 알고 있을 거라고 생각할 줄이야! 하지만
> 나는 가르칠 수 있는지 없는지를 알기는커녕

애당초 '덕'이 무엇인지조차 모른다.

———— 플라톤, 《메논》

이 작품에는 '덕에 대해서'라는 부제가 붙어 있다. 소크라테스는 덕이란 무엇인지에 대해 대화를 시작하면서 애초에 자신은 '덕'이 무엇인지 모른다는 말로 시작했다.

소크라테스가 덕을 부정하는 것은 아니다. 그도 덕은 존재한다고 믿고 있었다. 어떤 인물을 통해서 덕이 구현되는 광경을 목격하기도 했다. 하지만 그것이 무엇인지 쉽게 단언하지 않았다.

《메논》뿐만이 아니다. 소크라테스는 평생 동안 어떠한 결론도 남기지 않았다.

철학을 의미하는 그리스어 필로소피아는 '지혜를 사랑한다'는 의미이다. 소크라테스가 생각하는 철학이 진리에 답하는 게 아니었다는 것은 앞서 언급한 구절만 봐도 알 수 있다.
사랑한다는 것은 그게 무엇인지 정의하지 않아도, 표현할 수 없는 그 의미를 지속적으로 느끼는 것이라 할 수 있다. 누군가를 사랑하고 있을 때 우리는 그 사람과 살면서 소진되지 않는 의미를 하루하루 발견한다. 이 사람을 사랑해. 하지만 이 사람이 어떤 사람인지 한마디로 정의할 수는 없어 그저 그렇게 느끼고 있는 것이다.
일에 대해서도 마찬가지이다. 자신의 일을 사랑하는 사람은 그 일을 처음 시작했을 때 행복하다고 말하지만 자신이 그 일을 완벽하게 터득할 수 없다는 사실을 예감한다. 일이란 인생이 던지는 규명하기 어려우면서 의미심장한 질문을 반영하고 있다.
사랑이란 때로는 조용한 고통을 동반하기도

한다. 하지만 그 고통에도 의미가 있다는 것을 우리는 알고 있다. 여기서 말하는 '일'이란 금전이 들어오는 행위를 말하는 게 아니다. 자신에게 주어진 역할을 통해 세상과 공감하는 행위를 말한다. 양육이나 아픈 사람을 돌보는 간병을 비롯해 가족을 염려하는 마음이 인생의 중요한 일이라는 것은 말할 필요도 없다. 신기하게도 깊은 사랑으로 인생을 헤쳐 나가는 사람들은 강인한 덕을 갖추고 있다. 나는 그러한 예지를 지닌 이름 없는 사람들을 여러 명 만난 적이 있다.

잠 못
이루는
밤의
대화

잠 못 이루는 밤이 있다. 특별히 짜증나는 일이 있었던 것도 아닌데 잠이 오지 않는다. 그것만으로도 충분히 괴로운데 그런 날이면 슬픔인지 고통인지 알 수 없는 감정에 휩싸인다. 천천히 꽃이 피어나듯 마음속 깊숙이 묻어둔 감정들이 번지기 시작한다. 그럴 때면 종종 시를 떠올린다.

어둠 속에서 홀로 베개를 적시는 밤
숨을 죽이고
나를 부르는 수많은 목소리에 귀를
기울여보자
땅 끝에서 하늘 저편에서
먼 과거로부터 희미한 미래로부터
암흑과 같은 밤 메아리치는 무언의 외침
모두 너의 친구들이다.

어둠 속을 홀로 헤매는 자들의 목소리
침묵 속에서 홀로 견뎌내는 자들의 목소리
소리도 내지 못하고 눈물을 흘리는 자들의
목소리

——— 부시 다카코, 《하얀 목마》

부시 다카코(ブッシュ孝子)의 《하얀 목마》라는 시집에 수록된 시다. 제목은 없다. 이 시는 정신과 의사 가미야 미에코(神谷美恵子)의 저서 《마음의 여행》에서 처음 만났다. 가미야는 부시 다카코의 시에 깊이 공감하여 그녀의 시를 자신의 책에 여러 편 인용했다.

28세의 나이에 암으로 세상을 떠난 다카코는 시인은 아니었다. 죽기 5개월 전 어느 날, 갑자기 말이 흘러넘치는 듯한 경험을 한 후 그녀는 노트에 시를 적어나갔다. 그녀가

적어놓은 말이 저절로 시가 되었다고 하는 편이
맞을 것이다.
그녀의 남편 요하네스는 독일인이었는데,
다카코가 암에 걸렸다는 사실을 알고 난 후
결혼했다. 시집이 출판된 것은 사후의 일이다.
어두운 방에서 혼자 눈물로 베개를 적시며
그녀는 무슨 생각을 했을까? 자신에게 덮친
시련을 떠올리며 하늘을 저주했을지도
모른다. 사랑하는 사람을 생각하면 할수록
이별은 슬퍼지고 또 괴로워진다. 누군가를
사랑하는 것은 동시에 슬픔을 키우는 일이라고
생각했는지도 모른다. 이때 온몸으로 경험하는
것은 인생의 의미를 심연에서 비추는
'비애'임을 동시에 느꼈을 것이다.
그녀는 어디선가 갑자기 소리 없는 '목소리'가
다가오는 것을 느꼈다. 괴로워하는 사람,

한탄하는 사람, 슬픔에 짓눌린 사람들이 있다. 울부짖고 싶지만 소리 죽여 우는 사람들이 셀 수 없을 만큼 많다. 그 모습이 눈으로 볼 수는 없지만 분명히 존재한다는 것을 느낄 수 있다. 그녀는 그런 사람들을 미지의 '동료들'이라고 불렀다.

인생은 저마다 고유한 사건을 경험하게 한다. 그러므로 똑같은 비통함이란 존재하지 않는다. 하지만 비탄을 극복하고 살아감으로써 우리는 타인과 깊은 유대감을 느낄 수 있다. 벗어나기 어려운 시련 속에서 사는 사람들의 가슴에는 시공을 초월하는 울림이 있다.

진정으로 타인과 공감하려면 먼저 우리 자신이 혼자라는 사실을 받아들여야 한다. 혼자라고 느꼈을 때 비로소 타인이 둘도 없는 소중한 존재가 된다.

잠 못 이루는 밤은 일상의 분주함 속에서
잊고 지내던 사람과 무언의 대화를 나누는
시간일지도 모른다. 좋은 시를 읽는다는
것은 침묵 속에서 작가와 이야기를 주고받는
시간이기도 하다.
하지만 시는 문을 열어줄 뿐이고 우리가
진심으로 마주해야 할 상대는 따로 있다.
그것은 바로 자기 자신이다. 바쁜 생활에
쫓기며 사느라 자신과 마주하는 시간을
잊어버리고 일상을 보내는 경우가 적지 않기
때문이다.
지금 이 글도 늦은 밤에 쓰고 있다. 수면시간이
부족한 것은 괴롭지만 이렇게 인생의 부름에
답하면서 뭔가가 탄생할지도 모른다고
생각하며 자신을 위로하고 있다.

저편
세상에
닿을 수
있는
노래

6

비통함이라는 표현이 있다. 슬픔은 심정을 나타내는 말이기에 생각해보면 아픔을 느낄 수 없는 게 당연하다. 하지만 아픔이라고 표현할 수 없는 사건이 분명히 존재한다. 말이 모든 상념을 다 표현해낼 수는 없다. 하루하루 살면서 우리는 그런 경험을 자주 겪는다.
이렇게 명명하기 어려운 감정이 마음속에서 크게 자리를 차지한다. 아무한테도 전할 수 없을뿐더러 그 실체가 무엇인지조차 모른 채 아픔을 느끼며 하루하루 살아가야만 한다.
육체적인 아픔은 고통의 원인일 뿐만 아니라 치유가 필요하다고 알려주는 몸의 신호이기도 하다. 마음도 마찬가지여서 '비통함'이란 가던 길을 잠시 멈추고 가끔은 치유를 받아야 하지 않겠냐는 인생의 가르침인지도 모른다.
우리는 자신의 괴로움을 바라볼 줄만 알고

위로가 필요하다는 것을 쉽게 간과한다. 눈물은 심신이 휴식과 위로를 필요로 한다는 것을 가르쳐준다. 눈물을 흘렸을 때 비로소 자신이 슬퍼하고 있다는 사실을 깨닫기도 하는 것이다. 그 누구에게도 말로 표현할 수는 없지만 지금 느끼고 있는 슬픔이 더없이 소중하다는 것을 눈물은 가르쳐준다. 고바야시 히데오(小林秀雄)는 '말'이라는 제목의 에세이에서 슬픔과 눈물에 대해 다음과 같이 말했다.

> 슬픔을 가라앉혀 보려고 육체가 눈물을 필요로 하듯이 슬픔에 대해서 정신은 슬픔의 언어를 필요로 한다.
>
> ———— 고바야시 히데오, '말'(《생각하는 힌트》에 수록)

눈물이 뺨을 타고 흐른다. 그것은 무엇인가

말할 준비가 되었음을 알려주는 것이다.

옛사람들은 이럴 때 시를 읊었다. 사랑하는 사람과 자연에 대해 이야기했다. 살아 있는 자뿐만 아니라 죽은 자들에게도 끊임없이 시를 읊었다. 영혼에 다가가는 것이야말로 말이 지닌 가장 근원적인 역할이라는 것을 시인들은 본능적으로 알고 있었다. 옛사람들은 영혼이 되어 떠난 사람들에게 마음으로 노래한 시가 반드시 전해질 거라고 확신하고 있었다.

일본의 와카(和歌)는 처음부터 서른한 자로 구성된 형식은 아니었다. 오랜 세월 동안 수많은 비통함이 쌓이고 쌓이면서 그런 모습을 갖추게 되었다. 고바야시는 와카의 기원에 대해서 다음과 같이 언급했다.

슬퍼서 우는 소리는 말이라 할 수 없고

와카라고도 할 수 없다. 오히려 그 소리는 일종의 동작이라고 할 수 있는데 슬픔이 절실해지면 그 동작에 저절로 억양이 생기고 박자가 붙는 것이다. 이것이 와카가 음률로 탄생한 것이라고 노리나가(宣長, 에도 시대의 국학자)는 생각하고 있다.

말이라고 할 수 없는 신음, 그것이 와카의 시작이다. 여기서 말하는 와카는 만가(挽歌), 즉 죽은 자에게 들려주는 노래이다. 만가는 점차 그리움이 더해지면서 연가(相聞歌)로 발전되었다. 현대를 살아가는 우리의 마음속에서도 이러한 변화는 일어난다.
물론 와카에 익숙하지 않은 현대인들이 갑자기 상념에 대해서 읊을 수는 없는 노릇이다. 시를 읊을 수 없다면 편지를 써보면 어떨까? 그 옛날

와카는 저쪽 세상까지 닿을 거라는 믿음이
있었다.
오늘 이 말만큼은 반드시 전해질 것이라는
믿음으로 떠난 사람들에게 편지를 써보자.
어리석은 짓이라고 단정하기 전에 일단 써보고
나서 생각해도 늦지 않을 것이다.
글로 쓰기 어렵다면 나의 신음이여 말이
되어라, 라는 소망이라도 가져보자. 그런
소망은 반드시 눈에 보이지 않는 말로 새겨진
채 편지가 되어 하늘로 올라갈 것이다.

용기란 무엇인가

7

분쟁으로 수많은 목숨이 사라지는 뉴스가 연일 보도되고 있다. 뉴스를 본 사람들은 그런 사실을 인식하기보다 우선 공포심을 강하게 느낄 것이다. 공포심은 때로 우리의 사고를 정지시킨다.

현대인은 정보를 손에 넣으면 안심을 하고 다 알았다고 착각을 한다. 하지만 정보에 지배당한 사람은 사고를 멈춰버린다. 생각한다는 것은 정보 속의 진의를 파악하려고 하는 행위이기 때문이다.

이것이 얼마나 중요한지는 자신이 유명한 사람이 되었다고 상상해보면 바로 알 수 있다. 함부로 말을 꺼낼 수도 없고 사람들은 소문이나 이력서만으로 인격까지 판단해버린다. 아무도 그런 것을 원하지는 않을 것이다.

생각하는 것은 안이한 답변에 안주하지 않고

흔들리는 마음으로 질문을 던지는 일이다.
진정한 생각을 하기 위해서는 용기가 필요하다.
우리가 생각을 할 수 없게 되면 내면의 용기를
잃어버린다. 우리는 지금 무력을 과시하는
용맹스러움과는 전혀 다른 내면에 잠들어 있는
예지의 힘을 일깨워야 한다.
용기를 낸다, 용기를 쥐어짜낸다는 말이 있다.
이러한 표현은 용기가 주어지는 것이 아니라
이미 만인의 가슴 속에 내재되어 있다는 사실을
암시하고 있다.
《링거 폴대가 의미하는 것, 꿋꿋이 살아갈
것이다》라는 제목의 이와사키 와타루(岩崎航)의
시집이 있다. 용기란 무엇인지 생각할 때 가장
먼저 떠오르는 게 이 시집이다.
이와사키는 현재 도호쿠 지역에 살고 있다.
세 살 무렵 근이영양증이 발병한 이후 침대

위에서 하루하루 보내고 있다. 그는 몸을 자유롭게 움직일 수 없을 뿐만 아니라 호흡조차 의료기기의 도움을 빌려야 한다. 겉으로 보기에는 무력한 존재에 가깝지만 그가 만들어내는 이야기에는 영원히 지속될 것만 같은 힘으로 가득 차 있다. 용기에 대해 그는 다음과 같은 시를 썼다.

> 여기에 있고 저기에도 있다
> 눈앞에 있는 평범한 사람이야말로
> 알려지지 않은
> 용자(勇者)임을
> 나는 살아 있기에 깨달았습니다.
>
> ———— 이와사키 와타루, 〈용기〉

우리는 때로 한순간을 살기 위해서 커다란

용기가 필요할 때가 있다. 거창한 말을 하려는 게 아니다. 그 한순간을 어떻게든 견뎌냈기에 지금 우리가 살아 있는 것이고 그런 경험을 한 사람도 적지 않을 것이다.

절망 속에서 스스로 목숨을 끊으려 했을 때 그는 전율에 가까운 공포와 동시에 아주 미세하지만 죽음에 대항하려는 힘이 생기는 것을 느꼈다. 이와사키는 희미하지만 중요한 인생의 부름을 흘려듣지 않았다.

이제 더 이상 살 수 없다고 생각했다. 하지만 인생은 그에게 정반대의 이야기를 들려주었다. 절망이 있는 곳에 반드시 희망이 숨어 있다는 말을 한다. 삶은 절망을 삼키고 희망이라는 빛을 비추며 잠들어 있는 내면의 용자를 깨운다. 이와사키는 '빛'에 대하여 다음과 같이 노래했다.

아무리

미세한 빛일지라도

놓치지 않을 것이다

안목을 기르기 위한

어둠

———— 이와사키 와타루, 〈빛〉

어둠은 빛을 잃은 상태가 아니라 빛을 비추기 위해 준비하는 시간이다. 분명 우리는 어둠 속에서 가장 예민하게 빛을 감지한다.
여기서 말하는 빛은 용기와 같은 의미이며 동시에 희망이기도 하다. 용기와 희망은 인생의 사건들을 지칭하는 서로 다른 이름이다.
내면에서 용기를 감지한 사람이 거의 동시에 희망을 발견하는 것은 바로 그 때문이다.
이 시집의 서문에서 이와사키는 진정한

희망이라고 부를 만한 것을 '절망 속'에서
찾았다고 말한다.

> 절망 속에서 찾아낸 희망, 번민 끝에 쥔 '이 순간'이 나에게는 최고의 시간이다. 진심으로 그렇게 생각할 수 있어 행복하다.
>
> ――――― 이와사키 와타루

이 글에 용기라는 글자는 없었지만 읽으면서 용기를 느낄 수 있었다. 용기란 말로 표현하는 것이 아니라 시련 속에서 살아가는 사람들의 삶을 통해 구현되는 것인지도 모른다.

하라
다미키의
작은
수첩

8

2015년은 전후 70주년이 되는 해이다. 그 말은 히로시마와 나가사키에 원자폭탄이 투하된 지도 그만큼의 시간이 흘렀다는 것을 의미한다. 하라 다미키(原民喜)는 《여름 꽃》이라는 제목의 소설에서 당시 히로시마의 모습을 그렸다. 《여름 꽃》은 다미키가 원폭을 투하한 바로 다음 날부터 쓰기 시작한 수기를 바탕으로 한 소설이다. 《원폭 재해 노트》인 이 수기를 세계기록문화유산으로 등재하려는 움직임이 있다. 이 노트는 지금까지 유족이 관리하고 있었지만 히로시마 평화기념 자료관에 기탁하게 되었다.

《여름 꽃》에 등장하는 장소를 따라 걸어본 적이 있다. 다미키의 연구자인 다케하라 요코 씨와 다미키의 유족인 하라 도키히코 씨의 안내를 받았다.

얼마간 걷다가 잠시 휴식을 취하고 있을 때였다. 도키히코 씨가 "오늘은 다미키 삼촌도 같이 왔어요"라며 등에 메고 있던 가방에서 천천히 상자 하나를 꺼냈다. 그 안에 들어 있던 것은 손바닥만 한 검은 표지의 얇은 수첩이었다.

다시 걸으면서 큰 길로 나왔을 때 도키히코 씨는 속삭이듯 말했다. "후미히코를 발견한 곳이 이 근방이었습니다."

《여름 꽃》에는 주인공과 둘째 형이 조카를 찾아다니다 그의 시신을 발견하는 장면이 있다. 조카의 이름은 후미히코라고 실명 그대로였다. 도키히코 씨의 동생이다.

> 상의는 사라졌고 가슴 언저리에 주먹
> 크기의 종기가 부어올랐고 거기에서 액체가

> 흘러나왔다. 새까매진 얼굴에는 하얀 이가 희미하게 드러났다. 내팽개쳐진 양손의 손가락은 딱딱하게 굳어 있었고 안으로 꽉 움켜쥔 상태였으며 손톱이 파고들어 있었다. (중략) 둘째 형은 후미히코의 손톱을 뽑아 허리띠와 함께 유품으로 챙겼으며 이름표를 달고 그 자리를 떴다. 눈물도 다 말라버린 조우였다.
>
> ———— 하라 다미키, 《여름 꽃》

원폭 투하 직후 마을에서는 시신을 바로 옮길 수가 없었다. 옮길 수단도 장소도 없었기 때문이다. 후미히코의 아버지가 이름표를 붙인 것은 나중에 다시 돌아오기 위해서였다. 그렇지만 한편으로 아버지는 어쩌면 두 번 다시 아들을 만날 수 없을지도 모른다는

생각에 손톱을 뽑고 허리띠를 풀어 유품으로
삼았다. 믿기 어려운 현실 앞에서 말할 수 없는
슬픔으로 인해 눈물조차 다 말라버린 것이다.
우려는 현실이 되었다. 아버지가 그 자리로
다시 돌아왔을 때 아들의 모습은 온데간데없이
사라지고 난 다음이었다.
다미키의 말이 사실이라면 태연한 듯 보이는
사람들의 마음속에도 헤아릴 수 없는 비통함이
숨겨져 있다는 것이다. 슬픔에 빠진 사람들은
오히려 눈물을 흘리면서 울지 않을지도 모른다.
나는 2010년 이 구절과 똑같은 경험을 했다.
아내를 잃고 슬픔에 허덕이면서도 눈물이
흐르지 않았다. 이 구절을 읽기 전과 후, 세상을
바라보는 시각이 바뀌었다. 지금은 슬픔이라는
것은 절망을 동반하는 게 아니라, 그런
상황에서도 살아가고자 하는 용기와 희망의

증거라고 생각한다. 슬픔이 자신과 타인의 마음을 들여다보는 안경처럼 느껴지기도 한다. 슬픔을 겪어야만 보이는 것들이 세상에는 존재한다.

나는 2013년부터 2015년까지 문예지《미타 문학》의 편집장을 맡았다. 다미키는 예전에 같은 자리에 있었다. 그가 근무하던 시절의 편집부는 도쿄 니시칸다의 노가쿠서림이라는 출판사의 한 모퉁이를 차지하고 있었다. 예전에 내가 동료들과 운영했던 회사도 지금 그곳에서 1분 정도 떨어진 곳에 있었다. 다미키가 스스로 목숨을 끊은 곳은 도쿄의 니시오기쿠보 역과 기치조지 역의 사이이다. 나는 10년 이상 니시오기쿠보에 산 적이 있다.

작년(2014년) 여름, 다미키와 관련된 또 다른 인연을 발견했다. 고향 니가타에 갔을 때 어머니와 대화를 나누던 중 요즘 하라 다미키가 신경이 쓰인다는 말을 꺼냈다. 그러자 어머니는 태연하게 "너도 히로시마하고 인연이 있으니까"라고 말씀하셨다. 외할아버님의 본적이 히로시마였고 그곳에서 징집되었다는 이야기를 이날 처음 들었다. 어머니는 이전에 말한 적이 있다고 생각하셨던 모양이다. 멀리 떨어져 있는 히로시마에 왠지 모를 향수를 느꼈던 이유가 눈 녹듯이 풀리는 순간이었다. 올 여름에도 히로시마에 다시 가서 다미키가 걸었던 장소를 되짚어보려고 한다.

스승에
대하여

2014년 3월 8일에 스승님이 돌아가셨다.
이노우에 요지(井上洋治) 신부님이다. 그는 가톨릭 사제이며 뛰어난 신학자이자 사상가이기도 했다.
신부는 예수님의 말씀을 사람들에게 전하는 역할을 한다. 이노우에 신부님은 일본인에게 서양의 신학을 강제로 주입하려고 하지 않고 일본인의 마음에 와닿는 말을 찾아내셨다.
예수님에 관한 지식이 아니라 예수님의 마음을 전하려고 했고 진심을 다해 전하고 싶다는 말씀을 종종 하시곤 했다.
스승님을 처음 만난 것은 열아홉 살 때였다.
그후 내 인생은 눈에 띄게 달라졌다. 당시 그렇게 느꼈던 것은 아니다. 스승님이 돌아가시고 1년이 지나고 나서야 비로소 그런 생각이 들었다.

세상에서 말하는 스승이란 어떻게 살아야 하는지를 가르쳐주는 존재인지 모르겠지만 나의 스승은 그렇지 않았다. 그가 가르쳐준 것은 사는 게 무엇인가 하는 것이었다. 인생의 길을 어떻게 걸어가야 하는지가 아니라, 걷는 게 어떠한 것인지에 대해 가르쳐주셨다.

벌써 25년 이상 지난 일이다. 학창 시절이 끝나갈 무렵 노이로제 증상이 나타났다. 의사가 진료 기록에 '신경증'이라고 적었던 것을 지금도 똑똑히 기억한다. 스스로 만든 작은 세계에 틀어박혀 나오지 못하고 있었다. 원인은 분명했다. 일하기가 싫었다. 일을 하지 않아도 되는 환경이었던 것도 아니다. 오히려 그 반대였다.

왜 그런 생각을 했는지 잘 모르겠지만 제조회사에 취직해야만 된다고 생각했다.

특별한 기술이나 자격증도 없었기에
제조회사에서 근무하게 된다면 틀림없이
영업직일 거라고 생각했다. 술도 못하고 노래도
못하는 내가 그런 일을 하면 견디기 힘든 온갖
고초를 겪게 될 게 분명하다고 생각하자 갑자기
세상에 나서기가 두려워졌다. 방에서 나갈 수
없게 된 날들도 적잖이 있었다.

당시 스승님은 바쁜 시간을 쪼개서 청년들과
신약성서를 읽는 모임을 만들어주셨다.
모임이라고는 해도 참석 인원은 스승님을
포함한 다섯 사람. 지금 생각해보면 이 얼마나
분에 넘치는 시간이었나 싶다.

어느 날 그 모임에서 출구를 잃고 아무것도
할 수 없는 자신의 심정을 있는 그대로
털어놓았다.

나는 성경책의 어느 부분을 읽어도 빛을

발견할 수가 없었다. 그뿐만 아니라 내가
구원받지 못할 거라는 사실이 더 명확해졌다.
그렇게 말하면서 모순된 구절을 몇 군데
예로 들며 수십 분 동안 혼자 계속 지껄였다.
그러자 가만히 듣고 계시던 스승님이 이렇게
말씀하셨다.
“오늘은 참 좋은 이야기를 해주셨습니다.
감사합니다. 그런데 한 가지 느낀 점이
있는데요. 신앙이란 머리로 생각하는 게 아니라
살아서 직접 체험해보는 게 아닐까요? 지식을
얻는 게 아니라 걸어가보는 것입니다.”
이 한마디가 나를 변화시켰다. 그날부터 병은
서서히 낫기 시작했고 얼마 지나지 않아 글을
쓰게 되었다. 병이 없었더라면 이렇게 글을
쓰는 일을 하지도 못했을 것이다.
생전에 신부님을 스승님이라고 부른 적은 없다.

스승님이라고 부르려면 내가 그분에게 제자로 인정을 받아야 한다. 사제 관계는 제자의 존경심이 깊다고 해서 성립되는 게 아니다. 하지만 지금 그분을 스승님이라고 부르는 것은 돌아가시기 한 달 정도 전에 원고와 함께 사후 출판을 부탁받았기 때문이다. 또한 스승님이 마지막으로 읽으신 글이 잡지에 실린 나의 《예수전》이었다는 이야기를 돌아가신 다음에 들었기 때문이다. 스승님의 마지막 원고에는 이런 구절이 있다.

> 종교는 생각하고 이해하는 게 아니라 행위로써 살아가면서 체득하는 것입니다. 비유를 하자면 산 정상을 향해 걸어가는 길이라고 할 수 있겠지요. 사람은 두 가지 길을 동시에 생각할 수는 있어도 결코 동시에

걸어갈 수는 없습니다.

―――――― 이노우에 요지,

《유고집 〈나무 아바(南無アッバ)〉의 기도》

인생의 의미는 살아보지 않고는 알 수가 없다.
소박한 말이지만 우리는 매번 이 사실을
잊어버리고 머리로만 생각하기에 절망에
빠지는 것이다.

각오에 대한 자각

10

말로는 쉽지, 라는 말을 자주 들을 뿐만 아니라
나 역시 그렇게 말을 한다. 사실은 하지도 못할
일을 공언해놓고 다 해낸 듯한 착각에 빠지기가
쉽다. 하지만 한편으로 말한다는 행위가
내면의 침묵 속에서 이루어질 때 예상치 못한
힘을 가진다는 사실을 우리는 잘 알고 있다.
잠재되어 있는 결의에는 인생을 뿌리째 바꿀
수 있는 힘이 깃들어 있다. 이러한 마음을 품는
것을 두고 사람들은 '각오'라고 불러왔다.
각오의 각(覺)이라는 문자에는
기억하다(覺える)라는 의미와 동시에
눈뜨다(目覚める)라는 의미가 있다. 지금까지
알아차리지 못했던 것을 발견한다는 뜻이기도
하다.
보통 기억한다는 것은 새로운 것을 몸에
익혀가는 것처럼 보이지만 그 유래를 살펴보면

사실은 내면의 가능성을 꽃 피우는 것이라 할 수 있다. 이러한 인식은 한자 문화권에만 생각할 수 있는 것이 아니다. 고대 그리스 시대의 철학자 플라톤도 아는 것이란 모두 생각해내는 것, 즉 '상기(想起)' 하는 것이라고 말했다.

각오의 '오(悟)'의 부수인 '忄'은 심방변으로 '마음 심(心)'이 변형된 것이다. '吾'는 '자기 자신'이라는 의미를 가지고 있다. 즉, '오'는 자기 자신의 마음의 힘을 느낀다는 뜻이다. 이 두 가지 말이 합쳐져 탄생한 말이 '각오'이다.

인생의 난관에 직면했을 때 우리는 발버둥치고 괴로워하며 신음한다. 비통함에 쓰러져 움직일 수조차 없게 된다. 왜 태어나야만 했는지를 생각하기도 한다. 그러한 상태에서 벗어나기 위해 여러 가지 시도를 하는데 그럴 때 우리는 무의식적으로 말을 찾게 된다. 이렇게 말하면 이상하게 들릴 수도 있겠지만 사실이다. 지푸라기라도 잡는 심정으로 찾게 되는 게 말이다.

현대를 살아가는 사람들의 대부분은 말에 여러 형태가 있다는 것을 잊고 있다. 또한 말에 인생을 바꾸는 힘이 있다는 점도 간과하고 있다. 나도 한 구절의 말을 만나기 전까지는 마찬가지였다. 철학자 이케다 아키코(池田晶子)는 《전부 당연한 것이다》라는 제목의 저서에서 말의 비의에 대하여 다음과 같이 말했다.

> 죽음을 눈앞에 두고 있는 사람, 절망의 밑바닥에 있는 사람을 구원할 수 있는 것은 의료가 아니라 말이다. 종교도 아니며 그저 말이다.

——————— 이케다 아키코, 《전부 당연한 것이다》

이 구절은 소진되지 않는 빛이 외부에서
오는 게 아니라 자신의 내면에서 비춰지는
것이라고 가르쳐준다. 이 구절을 처음 접한
것은 동일본대지진이 발생하고 몇 개월이 지난
후였는데, 1년 전 나는 가장 가까운 사람을
떠나보내고 나를 둘러싼 어둠이 점점 짙어지던
시점이었다.

심금을 울리는 무엇인가를 접하면 말로
표현하려고 해도 잘 되지 않아 자신도
모르게 '아아'라는 소리가 나올 때가 있다.
말로 하기에는 막연하지만 마음은 왕성하게
움직이며 뭔가가 분명하게 느껴진다. 그
증거로써 눈물이 흐르기도 하는 것이다.
말로 다 표현하지 못하는 마음속에도 커다란

의미가 담겨져 있다는 것을 아는 사람들은 언제부터인가 '아아'라는 소리를 문자로 표현할 때 '嗚呼(슬플 오, 부를 호)'라는 한자를 붙였다. 이것은 오열하는 동안 나타나는 내면의 외침을 보여주고자 한 것이다.

이케다가 언급한 '말' 또한 반드시 명료한 언어를 의미하는 것은 아니다. 그것은 종종 문장이 아닌 감탄사로 구현되는 경우가 있다. 이케다는 그것을 내면의 말, 즉 '내어(內語)'라고 불렀다.

내어는 복잡하게 표현되지 않는다. 우리가 그것을 쉽게 간과해버리는 것은 너무나도 소박한 모습을 하고 있기 때문이다.

부드러운 햇살을 맞으며 작은 호흡을 내뱉는다든지 작은 힘이 온몸을 관통한다. 그럴 때 우리는 오늘도 열심히 살아보자며 내면의 언어를 통해 스스로에게 말을 건넨다. 각오란 사실 간단명료한 것 같지만 강인한 내어와의 만남인지도 모른다.

이별이
아니다

11

책에 대해서 엔도 슈사쿠(遠藤周作)가 쓴 흥미로운 에세이가 있다. 그의 대표작인 《침묵》은 나가사키를 방문한 것이 계기가 되어 쓴 작품이다. 엔도는 나가사키 방문에 대해 '한 권의 책과의 해후'로 비유하며 다음과 같이 말했다.

> 소설가인 나는 책에 대해서 묘한 직감 같은 것을 가지고 있다. 첫 페이지나 차례만 봐도 이 책이 언젠가 나에게 말을 걸어올 책인지, 아니면 전혀 흥미를 불러일으키지 못할 작품인지 어느 정도 알 수가 있다. 그리고 그렇게 예상하고 구입한 책을 집에서 다시 읽기 시작하면 지금까지 알지 못했던 세계, 지금까지 몰랐던 일들이 갑자기 눈앞에서 펼쳐진다.

——————— 엔도 슈사쿠, 《기리시탄의 고장》

이성적인 그리고 논리적인 시각으로 본다면 비유의 영역에서 크게 벗어나지 못한 표현이겠지만 엔도는 진심으로 그렇게 생각한 것이다. 이 작품만이 아니라 다른 작품에서도 비슷한 말을 여러 번 언급했다. 페이지를 넘기지 않아도 '영향'을 주는 책들이 있다. 그 이유를 설명할 수는 없지만 강한 동질감을 느끼게 하는 책들이 분명히 존재하는 것이다. 책을 즐겨 읽는 사람들의 서가에는 그들만의 명당자리가 있다. 그곳에는 강하게 이끌린 책 혹은 충격을 받은 책들이 저절로 모여든다. 하지만 그곳에 엔도가 말한 것처럼 거의 읽지 않을 책들이 섞여 들어오는 경우가 종종 있다. 우에하라 센로쿠(上原專祿)의 《죽은 자·산 자》가

나에게는 그런 책들 중 하나였다.
처음 책을 손에 넣은 것은 아마 스무 살 무렵이었을 것이다. 도쿄 와세다의 아나하치만 신사에서 중고책으로 오백 엔에 구입했다. 금액까지 기억하고 있다는 것은 살지 말지 망설였기 때문이다. 우에하라는 이름만 들어봤을 뿐 사학자로서의 업적에 대해서는 알지 못했다. 그리고 이 책이 근대 일본의 사자론(死者論)에 대한 선구적인 역할을 한 저서라는 것도 전혀 모르고 있었다. 그리고 훗날 이 책이 나에게 어떠한 영향을 주게 될지 알 리가 없었다.
우에하라 센로쿠는 서양사 연구의 권위자이자 평화운동의 이론적인 지도자이다.
히토쓰바시대학의 총장을 역임했고 쇼와 시대(1926~1989)를 대표하는 지식인 중의 한 사람이었다. 그는 만년에 아내 도시코를 병으로 잃었고 이 사건이 그의 인생에 큰 전환점이 되었다. 그는 자신이 경험한 것은 아내와의 이별이 아니라 죽은 자와의 해후였다고 말한다. 죽은 자와 함께 살아가는 그에게 역사는 더 이상 변치 않는 과거의 사실이 아니라 살아 숨 쉬는 존재가 되었다.

고난 속에서 살다가 말로 표현하지 못한 채 죽어간 역사의 주인공들이 있다. 역사가는 그런 사람들의 침묵의 소리에 새로운 생명의 숨결을 불어넣는 역할을 하는 사람이라고 그는 생각했다.

내가 이 책을 제대로 읽게 된 것은 우에하라와 마찬가지로 그런 이별을 경험한 다음 나의 '사자(死者)'를 가까이에서 느끼게 되고 나서부터이다. 그때까지 몇 번이나 책을 집어

들었다 놓았는지 모른다. 하지만 아무리 읽으려고 해도 읽을 수가 없었다. 책이 접근을 거부하는 듯한 기분마저 들었다. 몸의 반쪽이 떨어져나가는 듯한 고통을 느꼈을 때 그렇게도 다가가기 힘들었던 책의 모습이 완전히 달라져 있었다.

> 아내의 죽음으로 제가 느낀 것은 '죽음'이라기보다는 오히려 '죽은 자'였습니다. (중략) 즉, 산 자였던 사람이 죽은 자가 되었다는 사실을, 아직 살아 있는 사람이 어떻게 받아들여야 하는지에 대한 문제를 생각했습니다.
>
> ———— 우에하라 센로쿠, 《죽은 자·산 자》

설명을 배제한 솔직한 그의 고백은 절망의 심연

속에 빠져 있던 나를 더할 나위 없는 강렬한
빛으로 인도해주는 것만 같았다.

말로
새길 수
없는
조각

12

다카무라 고타로(高村光太郎)는 제2차 세계대전
이후 이와테 현의 하나마키라는 작은
산골마을의 소박한 집에서 홀로 생활하기
시작했다. 그 건물은 '다카무라 산장'이라 하여
지금도 잘 보존되어 있고 그 근처에는 다카무라
고타로의 기념관이 세워졌다.
어느 한 겨울날 이곳을 방문한 적이 있다.
날씨가 몹시 추웠지만 눈이 내리지는 않았다.
이 지역은 한겨울이 되면 눈이 많이 내리고
수북하게 쌓이는 곳이다. 다카무라의 집에는
화덕이 하나 있을 뿐 그 외에 몸을 녹일 만한
것은 없었다. 이곳에서 그는 건강이 나빠진
적도 있었지만 그것도 각오한 일이었다.
하나마키에 살았던 이유에 대해서는 여러
가지 설이 있지만 다카무라 자신이 밝힌
적은 없었다. 지금까지는 제2차 세계대전

중 다카무라가 일본군의 사기를 고무시키기 위해 작품을 썼다고 하는 설이 유력했다. 그게 이유의 전부라고 할 수는 없겠지만 결코 무관하지도 않을 것이다. 하지만 그 이유가 전쟁의 협력만으로 돌릴 수가 없다는 것을 그곳에 가보고 나서 분명하게 느낄 수 있었다. 다카무라는 당시 예술계에서는 상당히 존재감이 큰 작가였다. 여기서 말하는 예술이란 문학만이 아니라 조각을 비롯한 미술 세계도 포함한 것이다. 화가인 우메하라 류자부로(梅原龍三郎)가 다카무라에게 보내는 추도사에서 '비록 작품을 한 점도 남기지는 않았지만 당신은 인격과 생활만으로도 고매한 예술가였다'고 썼는데 이 말에는 그 어떠한 과장도 없을 것이라 생각한다. 그랬던 만큼 7년에 걸친 그의 유폐생활은 가히

충격적이었다.

세간에서는 다카무라를 가리켜 근대 일본을 대표하는 시인이자 조각가라고 말한다. 하지만 정작 본인은 다르게 생각하고 있었다. 그는 자신을 조각가라고 인식하고 있었다.

하지만 그는 산장에서 지내는 동안 단 하나의 조각 작품도 완성하지 못했다. 다카무라가 그곳을 떠난 후 엄밀히 말하자면 작품이라고 부를 수도 없을 정도로 불완전한 작은 토끼 두상이 하나 발견되었을 뿐이다. 심지어 그것은 기존의 다카무라의 작풍과는 전혀 다른 것이었다. 그는 원래부터 조각가로서 과작(寡作)의 작가이다. 그에 반해 하나마키에 있는 동안에도 시는 계속 썼다. 하지만 자신이 조각가라는 사실을 잊어버리지는 않았다.

"나는 누가 뭐라 해도 조각가이다. 조각은 내 핏속에 살아 숨 쉬고 있다. 나의 조각이 훌륭하건 조악하건 간에 숙명적으로 내가 조각가라는 사실에는 변함이 없다.(《나와 시의 관계》)"라고 다카무라는 말했다. 또한 "조각을 지키기 위해 시를 쓰고 있다", 조각의 순수함을 유지하기 위해 "조각을 문학으로부터 독립시키기 위해 시를 쓰는 것이다"라고도 했다.

그가 자신을 조각가라고 생각하는 이유는 '세상을 조각적으로 파악하는' 사람이기 때문이라고 했다. 하지만 다카무라는 '조각적'이라는 표현이 무엇을 가리키는지에 대해서는 언급하지 않았다. '조각적인 것'이라는 제목의 글에서조차 명확하게 설명하지 않았다.

물론 다카무라는 자신의 가슴속에 있는
'조각적'이라는 말이 무엇인지 잘 알고 있을
것이다. 하지만 그것을 말로 표현할 수는
없었고 그가 말로 다 표현할 수 없는 것을
조각으로 만든 것이다.
'조각적'인 것에 대해서 말을 아낀 다카무라도
훌륭한 조각 작품이 어떤 것인지에 대해서 말할
때는 보다 구체적으로 자신의 의견을 언급했다.
그가 말하는 조각 작품이란 '영원한 생명을
지닌 생물'이고 '살아 있는 인간보다 더 살아
있는 것(《조각 감상의 첫걸음》)'이라고 했다.
우리 인생도 이와 마찬가지이다. 살아간다는
의미가 말로 쉽게 표현되지는 않지만 분명히
존재하는 것이다. 오히려 말로 표현할 수 없기
때문에 존재감이 더 강하다고 할 수 있다.

이

세상에

존재한다는

사실

누구에게나 둘도 없이 소중한 말이 있다. 그 한마디를 접하는 순간, 나의 진심이 머나먼 세상까지 전해질 것만 같은 그런 말이 우리의 가슴속에는 숨겨져 있다.

번역가이자 수필가인 스가 아쓰코(須賀敦子)에게 그 한마디는 '안개'였다. 처녀작인 《밀라노 안개의 풍경》의 저자 후기에 그녀는 다음과 같이 썼다. "지금은 안개 너머 머나먼 세상으로 떠나버린 친구들에게 이 책을 바친다."

문장가로서 스가 아쓰코의 출발점은 번역이다. 젊은 시절부터 만년까지 그녀는 번역에 많은 시간을 할애했다. 번역은 외국어를 일본어로 번역하는 일뿐만 아니라 그 반대의 경우도 적지 않았는데 밀라노에서 생활하던 무렵 그녀는 일본의 근대문학을 이탈리아어로 번역하는 일을 했다.

나쓰메 소세키, 모리 오가이, 아쿠타가와 류노스케, 다니자키 준이치로, 시가 나오야, 가와바타 야스나리, 다자이 오사무, 미시마 유키오 등의 작품이 그녀의 손을 거쳐 이탈리아어로 번역되었다. 그런가 하면 귀국한 이후에는 안토니오 타부키(Antonio Tabucchi)와 움베르토 사바(Umberto Saba) 등 현대 이탈리아를 대표하는 작가들을 소개하는 데 자신의 열정을 쏟았다.

사바는 이탈리아 동북부 마을의 트리에스테에서 활동한 시인이다. 스가는 물론이고 그녀의 남편인 페피노도 마음속 깊이 사랑하는 시인이었다. 스가의 남편은 몸이 건강한 편이 아니었다. 어느 날 갑자기 건강이 악화된 남편은 세상을 뜨고 두 사람의 결혼 생활은 고작 6년뿐이었다. 남편을 잃은 그녀를

곁에서 조용히 지켜주었던 것은 사바의 시였다.
그녀가 사랑한 사바의 시 중 다음과 같은
작품이 있다.

> 돌과 안개 사이에서, 나는
> 휴일을 즐긴다. 대성당의
> 광장에서 쉰다. 별
> 대신에 밤마다, 언어에 등불을 켜는
> 인생만큼,
> 삶의 피로를 씻겨주는 것은, 없을 것이다.
>
> —— 움베르토 사바, 《코르시아 서점의 친구들》

'돌'은 이승을 말한다. 사바는 살아 있는 자의
세계에서 '안개' 너머의 세상을 느끼는 것보다
더한 인생의 위로는 없을 거라고 말한다.
인생의 반려자를 잃고 나서 스가는

이탈리아에서 가와바타 야스나리를 만났다.
그때 그녀는 살아갈 기력을 잃어 가고 있었다.
우연히 가와바타에게 남편이 세상을 떠난
얘기를 하게 되었다. 갑작스러운 남편의 죽음
앞에서 듣고 싶은 말도, 전하고 싶은 말도
너무 많아 어떻게 해야 할지 모르겠다고
속마음을 털어놓았다. 그러자 가만히 듣고
있던 가와바타는 '그 큰 눈으로 잠시' 그녀를
노려보듯이 쳐다본 다음 '시선을 획 돌리며
마치 주변의 숲을 향해 타이르듯이' 이렇게
말했다. "그것이 소설이지요. 거기서부터
소설이 시작되는 겁니다."
처음 이 말을 들었을 때 스가는 정말 매정한
사람이라고 생각했다. 하지만 훗날 스가
아쓰코는 가와바타의 이 한마디에 구원을 받게
되었고 그녀가 쓴 글은 '안개 너머의 세상'에

있는 이들에게 보내는 편지가 되었다. 그녀의 작품에는 다음과 같은 구절도 있다. 이 글을 가와바타가 읽었다면 어떻게 생각했을까?

> 가느다란 비가 몰아치는 언덕을 뒤로하고 우리는 한 번 더 버스를 향해 산에서 뛰어 내려갔다. 뒤돌아보니 안개가 흐르는 저편에 돌로 된 오두막이 덩그러니 남아 있었다. 내가 죽으면 이런 풍경 속에 홀로 서 있을지도 모르겠다. 문득 그런 생각을 했다. 거기서 기다리고 있으면 누군가가 데리러 와주겠지.
>
> ———— 스가 아쓰코, 《안개 너머에 살고 싶다》

스가는 1998년 3월 20일 병으로 세상을 떠났다. 그녀가 작가로서 활동했던 실질적인 기간은

짧았는데 만년의 7년 정도밖에 되지 않았다.
하지만 안개 저편의 세상으로 떠난 그녀는
후회하기는커녕 자신의 소망이 이루어졌다고
기쁨의 함성을 지르고 있을지도 모를 일이다.

꽃을
공양하는
마음으로

14

최근 몇 년간 봄이 되면 떠오르는 문장이 있다. 어쩌면 그 말이 가슴을 가득 채울 때 봄을 느끼는지도 모르겠다. 이시무레 미치코의 〈꽃의 편지를 — 기댈 곳 없는 영혼의 기도〉이다. 이시무레는 미나마타병으로 세상을 떠난 사카모토 기요코라는 여성에 대해 이야기했다. 그녀는 기요코의 어머니로부터 들은 이야기를 다음과 같이 썼다. 조금 길지만 그대로 인용하고자 한다. 가능하면 소리 내어 천천히 읽어보기를 바란다. 한 번이 아니라 두어 번 읽어봤으면 좋겠다.

> 기요코는 손도 발도 뒤틀리기 시작했고 손발이 밧줄처럼 꼬여 자신의 몸을 묶고 있는 것이나 다름없었어요. 보고 있기가 힘들었지요. 아마 그게 그 아이가

세상을 떠난 해였는데, 벚꽃 잎이 흩날릴 무렵이었습니다. 제가 잠시 집을 비운 사이에 툇마루 쪽으로 굴러나와 거기에서 떨어져서는 땅바닥을 기어가는 거예요. 깜짝 놀라 아이한테 뛰어갔더니 움직이기도 힘든 손가락으로 벚꽃 잎을 주우려고 하는 거예요. 구부러진 손가락으로 땅바닥을 짓이기는 바람에 팔꿈치에서는 피가 나고 그랬어요. '엄마, 꽃' 하면서 꽃잎을 가리키더군요. 땅바닥에 짓눌린 꽃잎도 가여웠죠. 엄마를 단 한 번도 원망한 적 없는 다 큰 딸아이는 그저 벚꽃 이파리 하나 줍는 게 소원이었습니다. 그래서 제가 부탁을 하나 드리고 싶은데요. 짓소 회사 분들께 편지를 써주셨으면 합니다. 아니, 세상 모든 분들께 써주세요. 벚꽃의 계절이 돌아오면 기요코를 위해 꽃잎 한 장을 집어주시면 어떨까 해서요. 꽃을 공양한다는 마음으로요.

———— 이시무레 미치코,
〈꽃의 편지를 — 기댈 곳 없는 영혼의 기도〉

자신의 힘으로 어찌할 수 없는 병을 짊어진 탓에 기요코는 몸을 제대로 움직일 수가 없었다. 어머니가 잠시 집을 비운 사이 무엇인가에 이끌린 듯 흩날리며 떨어지는 꽃잎에 손을 뻗는다. 그것만으로는 도무지 만족할 수가 없었는지 바닥을 기어갔다. 팔꿈치에서 피를 흘리면서 똑바로 펼 수 없는 손가락으로 어떻게든 꽃잎을 주우려 했지만 그게 불가능했다. 그러다 마루에서 떨어지고 만다. 집에 돌아온 어머니는 그런 딸의 모습을 보고 놀라서 뛰어갔다. 아이는 '엄마, 꽃……'

이라고 말하며 주우려 했던 꽃잎을 가리켰다고 한다. 어머니는 이시무레에게 글을 써달라고 부탁한다. 미나마타병의 원인이 된 유기수은을 배출한 기업 짓소를 상대로, 아니 세상 사람들에게 기요코와 같은 아이가 있다는 것을 알리는 글을 써달라고 부탁한다.

이시무레는 기요코의 부모하고는 아는 사이였지만, 기요코에 대해서는 전혀 알지 못했다. 이시무레에게 있어 글을 쓴다는 것은 기요코처럼 말을 빼앗긴 사람들의 입과 손이 되는 일이었다. 그렇게 해서 탄생한 것이 《고해정토(苦海淨土)》라는 작품이다.

우리는 《고해정토》와 같은 글을 절대로 쓸 수 없을 것이다. 하지만 읽을 수는 있다. 우리는 그저 이 작품을 읽는 것만으로도 기요코와 그녀의 어머니의 비원(悲願)에 응답할 수 있다.

읽는다는 것은 쓰는 것과는 전혀 다른 의미가 있다. 글로 된 말은 언제나 읽는 행위를 통해서만 이 세상에서 살 수 있는 생명을 부여받기 때문이다. 비유가 아니다. 읽는다는 것은 말을 탄생시키는 일이다.

또한 그녀의 어머니는 기요코를 위해 꽃잎 하나를 집어 주었으면 좋겠다고, 그리고 그보다 더한 공양은 없을 거라고도 말했다. 이시무레는 훗날 그녀의 부모도 '기요코를 따라 같은 미나마타병으로 세상을 떠났다'고 적었다.

우리는 비록 《고해정토》를 읽지는 못하더라도 벚꽃이 피는 봄날이 되면 꽃잎 한 장을 들고 기요코와 그녀의 가족을 떠올릴 수는 있을 것이다.

신뢰의
눈길

15

12년 동안 회사에 근무하면서 가장 중요한 사건이라고 하면 좌천을 당한 일일 것이다. 승진이 아니었다. 내가 겪은 소중한 경험의 대부분은 그 좌천에서 시작되었다. 처음 맡게 된 일은 영업직이었는데 나는 운전을 하지 못했다. 면허는 있었지만 운전하는 체질이 아니었다. 그런 이유로 욕을 먹기가 싫어서 어떻게든 성과를 내려고 마음을 먹고 있었다. 그리고 7년차에 최우수 영업사원으로 표창을 받았다. 그다음 해에는 본사로 이동하여 회사 전체의 영업 기획을 하는 업무를 맡게 되었다. 나는 필사적이었고 2년 반 동안 전국 방방곡곡을 돌아다녔다. 여러 사람들로부터 도움도 받았기에 내가 담당했던 간병치료용품의 매출은 두 배로 올랐다. 이렇게 일하는 나의 모습을 좋게 봐준 사람이 있었고, 덕분에 나는 서른 살에 새로운 회사의 사장으로 취임하게 되었다. 부하직원이 단 한 명도 없었던 사람이 신규 사업을 시작하고 그 경영 전반을 맡아야 했던 것이다. 이보다 더 빠른 승진이 없을 만큼 파격적이었다.

하지만 일이 잘 풀릴 리가 없었다.

무지했을 뿐만 아니라 오만했기 때문에 아무도 협조해주지를 않았다. 몇 번 크게 실패를 하고 난 뒤 회사가 망하기 바로 직전 나는 직위 해제를 당했다. 이것은 또 사람들이 깜짝 놀랄 만한 좌천이었다. 급여도 크게 깎여 사장이 되기 전보다도 적은 금액이었다. 가장 참혹했던 것은 주변의 신뢰를 한순간에 잃어버린 것이다. 가능성 없는 이야기를 떠벌렸고 실제로도 해내지 못했기에 신뢰받지 못한 것은 당연했다. 사람은 '성공'이라는 환상 속에서 헤매고 있을 때는 자신이 지금 얼마나 거만한지를 잘 모르는 법이다.

그후 자신이 만들어놓은 패배의식에 사로잡혀 시간을 보내는 날들이 시작되었다. 가슴을 찌르는 듯한 날카로운 시선을 느끼는 경우도 적지 않았다. 분명하게 말할 수 있는 것은 우리는 말 한마디 없이도 상대방에게 상처를 줄 수 있다는 것이다.

그 반대의 경우도 있다. 단 한 번의 눈길만으로도 구원을 받을 수가 있다. 나도 그랬다. 하지만 자신의 일만 하기에도 벅차서 여유가 없을 때는 그런 눈길을 알아채기란 쉽지 않은 일이다. 영국 작가 찰스 디킨스(Charles Dickens)의 《크리스마스 캐럴》에는 이런 구절이 있다.

영감님에게는 우리를 행복하게도 불행하게도

만드는 힘이 있습니다. 영감님이 어떻게 하느냐에 따라 우리의 일은 가벼워지기도 하고 무거워지기도 하지요. 즐거움이 될 수도 있는가 하면 고통이 될 수도 있는 것입니다. 영감님의 그 힘은 말이나 얼굴 표정처럼 하나하나가 사소한 거라서 숫자로 합계를 낼 수도 없는 노릇입니다. 하지만 그러면 어떻습니까? 그렇게 얻은 행복은 재산 한 몫을 떼어준다고 해도 살 수 없을 만큼 큰 것이죠.

———— 찰스 디킨스, 《크리스마스 캐럴》

이 작품은 돈에 눈이 먼 주인공이 크리스마스를 계기로 선한 내면의 눈을 뜨며 새롭게 태어난다는 내용의 이야기이다. 까맣게 잊고 지냈던 과거 고용주로부터 받은 온정을 떠올리며 그렇게 말한 것이다.
신뢰는 삶의 기반을 이루는 덕목인데 우리는 그걸 잃어버리고 나서야 비로소 깨닫게 된다. 자신에 대한 신뢰도 타인과의 신뢰 사이에서 성장한다. 마음을 열고 대해주는 사람을 만나게 되면, 그 상대방뿐만 아니라 자기 자신과도 새로운 관계의 문이 열리기 때문이다.
마음을 연다는 것은 상대방의 기분에 맞춰주는 것을 의미하지 않는다. 그렇게 하면 상대뿐만 아니라 자신과도 점점 멀어지게 된다. 마음을 연다는 것은 자신의 무력함을 받아들이고 그것을 드러내면서 간절하게 변화를 바라는 게 아닐까 싶다.
변화한다는 것은 자신을 버린다는 의미가 아니다. 스스로도 모르고 있던 미지의 가능성을 꽃피우는 순간을 목격하는 것이다.

슬프도다,
그대여

16

일본인이 사계절의 변화를 사랑하게 된 것은 《고금와카집(古今和歌集)》이 등장한 이후라는 설이 있다. 이 와카집은 서문이 별도로 되어 있고 총 20권으로 구성되어 있다. '봄의 노래(春歌)'로 시작되어 '여름 노래(夏歌)', '가을 노래(秋歌)' 그리고 '겨울 노래(冬歌)'로 이어진다.
시인들은 계절마다 펼쳐지는 풍경을 서른한 개의 글자로 된 와카로 지어 읊는다. 그렇게 함으로써 흐르는 시간 속에서 두 번 다시 돌아오지 않는 일들을 영원한 세계 속에 새겨두려 했다.
《고금와카집》의 제16권은 '피할 수 없는 이별에 즈음하여'에 대해 읊은 〈애상가(哀傷歌)〉가 수록되어 있다. 그 첫 부분에는 다음과 같은 구절이 있다.

흐르는 눈물아 비가 되어 내려다오
삼도천의 물이 넘치면 건너가지 못하겠지

흐르는 눈물이 비가 되어 삼도천에 내리면 수량이 불어날 것이다. 그러면 세상을 떠난 이는 그 강을 건널 수 없게 될 테고 다시 이쪽 세상으로 돌아와주면 좋을 텐데 하는 내용이다. 눈물에 대해 읊은 와카는 또 있다.

피눈물이 흘러내려 소용돌이치는
백천(白川)은 그대가 살아 있을 때의
이름이었다

피눈물이 흘러 강이 '소용돌이치고' 끓어오르면서 흐른다. 여기서 말하는 '천(川)'은 삼도천이고 백천은 이를 달리 이르는 말이다.

원래는 강이 하얬는지도 모른다. 그런데 자신의
피눈물이 흘러들어 새빨갛게 물들었기에
더 이상 백천이라고 부를 수 없게 되었다는
뜻이다.
피눈물이라고 하면 굉장히 과격한 표현이지만
'피'에는 여러 가지 의미가 있다. 익숙하지
않겠지만 '읍혈(泣血)'이라는 말이 있다.
한문학자인 시라카와 시즈카(白川静)는 슬픔이
너무 큰 나머지 피눈물이 되어 흐르는 것을
가리킨다고 했다. 그와 동시에 소리 죽여 우는
것을 의미하기도 한다. '피'는 시각적으로
강하게 호소하는 표현이면서 동시에 결코 눈에
보이지 않는 심정을 나타내는 말이기도 하다.
피눈물이 흐르는 것은 뺨이 아니다. 우리의
마음속에서 흐르는 것이다.
이렇게 아름다운 와카를 읊는 것은 쉽지만은

않은 일이다. 그래도 읽는 것은 가능하다.
이상하게 들릴지도 모르지만 와카를 '읽는'
것은 말 그대로 와카를 읊는 것이다.
와카는 우리가 읊음으로써 탄생하고 와카가
지금껏 살아 숨 쉬는 것은 수많은 사람들이
읽어왔기 때문이다. 읽는 사람이 없었더라면
만엽집(万葉集)이며 고금집(古今集)은 오늘날까지
전해지지 못했을 것이다.
바쁜 현대인이 헤이안 시대(794~1192)에 엮은
와카집을 읽는다는 게 어려울 수도 있을
것이다. 하지만 와카에 대한 기본 지식이
없을지라도, 고어를 충분히 이해할 수 없다고
해도, 머리로 읽지만 않는다면 1100년이라는
시간의 흐름을 뛰어넘어 옛 정취를 느낄 수
있을 것이다. 그리고 저쪽 세상의 친구들도
찾을 수 있을 것이다.

'애상가'를 읽다 보면 다음과 같은 작자 미상의 와카도 만날 수 있다.

> 목소리조차 듣지 못하고 헤어지는 내
> 영혼보다
> 나 없이 침상에서 잠들어야 할 그대가 더
> 슬프다

남편은 일 때문에 먼 곳에 있고 부인은 병에 걸려 생사의 갈림길에 놓여 있는 상황을 읊은 시다. 부인은 먼 곳에 가 있는 남편에게 당신의 목소리를 듣지 못하고 세상을 떠나는 것보다 자신이 떠난 후 한밤에 홀로 잠들어야 할 남편의 슬픔이 훨씬 견디기 힘들 거라고 말하는 것이다.
'슬프다'라는 말을 예전에는

'슬프다(悲し)', '애처롭다(哀し)'뿐만 아니라 '사랑스럽다(愛し)'라고도 썼다. 먼저 떠나는 자는 남겨진 이들의 삶을 생각하며 '슬퍼한다'. 그것은 단순히 비탄을 나타내는 의미가 아니라 소진될 줄 모르는 사랑의 토로인 것이다.
또한 옛사람들은 '아름답다(美し)'고 표기하고 '슬프다'고 읽기도 했다. 옛사람들은 깊은 슬픔 속에 자리한 진정한 아름다움을 간과하지 않았다. 고금집의 '서문'에는 와카의 힘에 대해 언급한 구절이 있다.

> 큰 힘을 주지 않아도 천지를 움직이고
> 눈에 보이지 않는 귀신의 마음도 울리고
> 남녀 사이를 달래며 용맹한 무사의 마음을
> 위로해주는 것이 와카이다.

와카는 천지를 흔들고 마음과 마음을 이어준다.
'귀신'이란 신들을 의미하는 말이지만
다른 세상으로 떠난 죽은 자들을 가리키는
표현이기도 하다.
옛사람들은 와카가 현실 세계뿐만 아니라 죽은
자의 마음에도 닿을 거라는 믿음을 가지고
있었다. 와카를 읊는다는 것은 자신의 깊은
내면으로 들어가고자 하는 마음과 또 다른
세계를 엿보고 싶은 간절한 마음이 들어 있는
것이다.

모사(模寫)
할 수
없는
그림

17

요하네스 이텐(Johannes Itten)이라는 스위스의 화가가 있다. 창작가로 유명하지만 독자적인 색채론을 구축한 이론가이기도 했다. 또한 훌륭한 교육자이기도 해서 20세기 초반 독일의 종합 예술학교인 바우하우스에서 교편을 잡아 핵심적인 인물로 활약했다.

어느 날 학교 수업에서 학생들에게 모사를 가르치던 때의 일이다. 그는 학생들에게 16세기 독일의 화가 그뤼네발트(Mathias Grunewald)가 그린 '비통함에 빠진 막달라 마리아'의 그림을 보여주었다.

막달라 마리아는 예수님의 열두 제자는 아니었다. 하지만 그들보다 훨씬 더 예수님과 가까운 곳에 있었다. 다른 제자들은 예수님이 잡혀가자 단죄를 당할지도 모른다는 생각에 사방으로 흩어지듯이 도망쳤지만 막달라 마리아는 그렇게 하지 않았다. 그녀는 예수님이 정당한 재판도 받지 못하고 십자가에 못 박혀 죽었을 때 예수님의 어머니 마리아와 함께 예수님의 마지막 모습을 지켜봤다는 구절이 '요한복음서'에 나온다.

그뤼네발트의 그림에는 손발이 두꺼운 못에 박힌 채 십자가에 매달린 예수님의 모습과 그 옆에 무릎을 꿇고 앉아 슬퍼하며 신음하는 막달라 마리아의 모습이 생생하게 묘사되어 있다.

이텐은 학생들에게 이 그림을 모사하라고 지시했다. 그러자 학생들은 즉시 연필을 집어 들었는데 그 모습을 지켜본 이텐은 다음과 같이 말했다.

모사를 시작하기 전에 해야 할 일이 있을

텐데요. 우선 이 그림을 보고 눈물을 흘리며
도저히 모사할 수가 없다는 말이 나오지
않고서는 예술가라고 할 수 없습니다.

———— 요하네스 이텐

그림에 묘사된 것은 비탄에 빠진 여인의 모습이 아니라 슬픔 그 자체였다. 슬픔은 눈에는 보이지 않는다. 하지만 마음이라면 그 슬픔을 받아들일 수 있는 것이다. 그뤼네발트는 어째서 마음으로 그리려 하지 않느냐고 말한 것이다. 십 년쯤 전에 다카하시 이와오(高橋巖) 씨의 《디오니소스의 미학》에서 이 부분을 읽었다. 나는 그림을 그리지는 않지만 이후 책을 읽을 때나 글을 쓸 때 전혀 다른 태도를 갖게 되었다. 읽는다는 것은 표기된 글자를 해석하는 게 아니라 글자를 통해 그 진의의 깊이를 느끼는

것이며 글을 쓴다는 것은 미지의 타인에게 '말'을 전하는 행위이다. 언어란 '말'의 모습 중 하나에 지나지 않는다고 생각하게 되었다. 철학자인 이즈쓰 도시히코(井筒俊彦)는 만년에 '말'이라는 단어를 쓸 때 한자인 '言葉'이라고 쓰기도 하고 가타카나인 'コトバ'로도 썼다. 보통 한자로 쓰지만 그는 일부러 'コトバ'로 표기함으로써 한자의 의미에만 한정하지 않고 이면에 있는 살아 있는 다른 의미를 전달하고자 했다. 이즈쓰가 생각하는 '말'에는 수많은 모습이 포함되어 있다. 화가에게는 색과 선, 음악가에게는 선율, 조각가에게는 형태, 종교인에게는 침묵이 가장 완벽한 '말'이 된다. 괴로워하는 친구 곁에서 아무 말 없이 그저 같이 있어줄 때의 침묵도 '말'인 것이다. 《장자》에는 '지뢰(地籟)'와 '천뢰(天籟)'라는 말이

나온다. 여기에서 '지뢰'와 '천뢰'의 '뢰'는 울림을 의미한다. 즉 하늘과 땅은 그 울림이 '말'이 된다는 뜻이다. '천뢰'에 대해 이즈쓰는 다음과 같이 썼다.

> 인간의 귀에는 들리지 않지만 어떤 신비로운 목소리가, 목소리 아닌 목소리, 즉 소리 없는 목소리가 허공을 통과하며 우주를 관류(貫流)한다. 이 우주적인 목소리 혹은 우주적인 '말(コトバ)'의 에너지는 분명 생생하고도 역동적으로 존재하고 있음에도 불구하고 인간의 귀에는 들리지 않는다.
>
> ——— 이즈쓰 도시히코, 《언어철학으로서의 진언》

울림이라고 하는 소리 없는 '목소리'는 귀에 들리지 않지만 가슴으로 전달이 된다. 우리는 보통 가슴이 아프거나 찢어진다고 말한다.

그리고 심금을 울린다고도 말한다.

'말(コトバ)'이 마음에 전달될 때 우리는

무엇인가에 부드럽게 안기는 기분이 든다.

누구나 이런 경험을 한 적이 있을 것이다.

그리고 그 감촉은 잊어버린 적은 있겠지만 평생

동안 사라지지는 않을 것이다.

고독을 붙잡는다

18

고독이란 단순히 타인에게서 소외된 상태를 말하는 것이 아니다. 우리는 사람들과 함께 있을 때 더 고독하다고 느끼기도 한다. 어쩌면 미소를 지으며 이야기를 나눌 때 평소보다 더 고독해지고 가슴이 휑한 느낌이 들기도 한다. 관계가 복잡하게 뒤얽힌 결과가 고립이라면 고독은 인간의 숙명인지도 모른다.
고립으로부터 해방되는 길은 타인과 대화하려는 노력이다. 하지만 문제가 고독인 경우 대화 상대는 자기 자신이 된다.

"나는 가끔 고독할 때면 외로움을 느낀다. 다른 사람의 개성과 내 성격이 다르다는 것을 마음속 깊이 의식하면서 진정한 외로움을 느낀다."(《내가 가는 길, 그 밖의 여러 가지 생각들》)라는 글을 기시다 류세이(岸田劉生)는 썼다. 기시다는

'레이코의 미소'를 비롯한 레이코의 초상화 연작으로 유명한 근대 일본을 대표하는 화가이자 동시에 탁월한 문장가이다. 기시다가 남긴 것은 화론(画論)만이 아니다. 그의 말을 통해 떠오르는 건 화가의 모습이라기보다 미의 형이상학자라고 부를 법한 사색가의 모습이다. 기시다는 고독에 대해 다음과 같이 언급했다.

> 내가 고독을 느끼지 못한다면 지금 살아 있다는 사실을 실감할 수가 없다. 그런 식으로 나의 생존과 의지에 권위와 축복을 부여하는 것이다. 인간은 고독을 붙잡지 않고서는 진정한 삶을 누릴 수 없는 것이다.
>
> ———— 기시다 류세이

우리의 인생은 고독을 느끼지 않고서는 결코 알 수 없는 것들이 있다. 고독을 느낄 때 가장 가까이에 있는 자신을 느낄 수 있다. 여기서 말하는 인생의 비밀과 조우한다는 것은 내가 '나 자신'이 되기 위한 과정에서 없어서는 안 되는 중요한 요소이다. 그리고 우리가 진심으로 타인과 만나는 것도 고독 속에서 살아가는 과정 중의 하나이다.

고독의 경험은 우리를 고립시키지 않는다. 오히려 타인과 이어지는 계기가 된다. 그리고 어느 순간 우리를 인류라고 하는 영역으로 이끌어주기도 한다.

"고독이란 인류인 나와 자연의 조화를 진심으로 느끼는 일이다. 자연이 인류인 나를 탄생시켰다고 하는 자각이야말로 고독인 것이다. 우리는 고독해지지 않고서는 진심으로 자연을 바라볼 수 없고 진정한 인류와 만날 수가 없는 것이다"라고 기시다는 말한다. 여기서 인류란 의미는 수없이 많은 사람들이라기보다는 시공을 초월한 유대감을 가리킨다. 그러므로 인류 속에는 죽은 자들도 포함된다. 나의 고독은 인류의 고독이기도 하다.

소중한 사람을 잃은 이에게 가장 먼저 엄습해오는 것은 슬픔이 아니라 고독이다. 하지만 떠난 자로 인한 고독은 그 사람이 곁에 없다는 사실이 아니다. 그것은 더 이상 닿을 수 없다는 탄식이다. 슬픈 감정은 사랑하는 이가 존재하지 않아서가 아니라 손이 닿지 않는 곳에 있기 때문이다.

하지만 먼 곳에 있기에 그 존재감을 더 깊이 느낄 수 있고 모습이 보이지 않기에 더욱 가까이에서 상대방을 강하게 의식할 수 있는 것이다. 이런 신기한 경험을 환기시키는 힘을 가리켜 우리는 오래전부터 사랑이라 불러왔다. 고독은 때로는 사랑의 발로가 된다. 우리는 고독하게 살아감으로써 비로소 그전까지 느끼지 못했던 애석한 마음을 자신의 내면에서 찾아낼 수가 있는 것이다.

"나는 나의 고독함에 축복과 감사를 보낸다. 내가 고독함으로 인해 맛보게 되는 외로움에도 어떤 힘을 느끼고 또 축복을 느낀다." 기시다는 이렇게 말한다. 고독은 비탄함에서 시작되는 경험이지만 그와 동시에 살아갈 힘을 주고 심연에서 우리의 인생을 축복해준다.

이력서에
담아낼 수
없는
인생의
진실들

정보는 현실로부터 우리를 멀어지게 만들곤 한다. 많은 것을 알고 있기에 보이지 않는 경우가 있다. 우리의 일상생활은 이러한 정보와 현실의 대립각 속에 존재한다고 할 수 있다.

어려운 이야기를 하려는 게 아니다. 내가 알아야 할 입장이 아니라 나를 알려야 하는 입장에 서 있다고 생각해보면 정보를 통한 인식이 얼마나 불완전하고 위험한지 분명히 느낄 수 있다.

내가 어떤 사람인지 알리려고 한다면 우선 이력서를 제출해야 한다. 이력서에는 미리 정해진 항목이 있기 때문에 그저 거기에 답만 하면 된다. 즉 글로 쓸 수 있는 정보로 자기 자신에 대해서 말하도록 강요를 당하는 것이다.

입시 혹은 입사 면접에서 면접관은 말 그대로 이력서를 눈으로 훑어보고는 몇 가지 질문을 던진다. 그런 질문과 대답이 잠시 이어지고 "잘 알겠습니다. 오늘 수고하셨습니다"라고 틀에 박힌 말을 한다.

이때 우리 마음속에서는 조용하지만 알 수 없는 상념이 솟구쳐오른다. "아냐, 당신이 알았을 리가 없어. 거기에 쓴 게 나에 대한 것이지만, 그것으로 나를 다 알 수는 없다구. 진정한 나는 거기에 없어"라는 내면의 소리가 들린다.

생각해보면 우리는 이력서를 채우면서 어떤 항목의 칸에도 채울 수 없었던 사건들이 내 인생을 결정해왔다는 사실을 잘 알고 있다. 그런데 그런 이치가 사회에서는 통용되지 않을 것이라는 생각에 같은 짓을 몇 번이고 반복하면서 언제부터인가 이력서라는 틀 안에서 자신을 이해하려고 한다.

지금까지 수많은 회사원들과 일을 해왔다.

세간에서 말하는 우수한 사람들과도 적잖이 만났지만 그런 사람들 중에서 오랫동안 같이 일하고 싶다는 생각이 드는 사람은 많지 않았다.

일이라는 것은 인생의 한 부분이다. 현대 사회에서는 이 소박한 사실을 다시 한 번 상기해야만 한다. '무엇을 성취했느냐?'고 묻기 이전에 '어떻게 걸어왔느냐?'고 물어야 한다. 또한 일은 금전을 손에 넣는 수단으로만 볼 수 없는 뭔가가 있다. 오히려 그 뭔가가 '일'인 것이다.

지금까지 만난 대다수의 우수한 사람들은 이미 표현되어 있는 사실에 대한 사고는 뛰어났지만 말로 표현할 수 없는 것에 대해서는 거의 무관심했다. 어떤 일이든 그 밑바닥을 지탱하고 있는 것은 말로 쉽게 설명할 수 없는 무언가인 것이다. 슬픔의 경험도 그중 하나다.
슬픔의 빵을 먹어본 적이 없는 사람은 인생의 진실을 알 수 없을 것이라고 말한 사람이 있다.

> 슬픔 속에서 빵을 먹은 적 없는 사람은
> 한밤을 눈물로 지새우고
> 빨리 아침이 되기를 간절히 바란 적 없는 사람은
> 아아 하늘의 신들이여, 이들은 아직 그대를 모를 것이요.
>
> —————— 스즈키 다이세쓰, 《선의 제일의》

원문은 괴테의 《빌헬름 마이스터의 수업시대》에 있지만 이 번역문은 젊은 시절의 스즈키 다이세쓰(鈴木大拙)의 대표작 《선의 제일의(禅の第一義)》에서 인용했다. 번역문이 실로

훌륭하다. 다이세쓰는 훗날 '선(禪)'을 세계로 전파하는 불교학자가 된다.
그에게 있어서 '선'이란 처음부터 불교 종파의 명칭이 아니라 인생의 진실에 닿고자 하는 비원(悲願)을 의미했다. 그런 진지한 시도의 일례로 그는 위와 같은 구절을 인용한 것이다.
이력서를 쓴다는 것은 지면 위에 쓸 수 없는 이야기를 생각해내는 일이라고 해도 좋을 것이다. 자신이 어떤 사람인지를 능숙하게 표현하는 것보다 자신의 인생에도 말로 표현할 수 없는 사건들이 일어났다는 것을 깨닫는 편이 훨씬 더 중요하다.

일대일의
만남

20

벌써 사반세기가 지난 일이다. 심층심리학자인 가와이 하야오(河合隼雄)와 같이 식사하는 모임에 참석한 적이 있었다. 모임 시간 바로 전에 아슬아슬하게 도착했는데 빈자리는 원형 테이블에서 그의 오른쪽 바로 옆자리뿐이었다. 당시 대학생인 나는 가와이 하야오가 옆에서 이야기하고 있다는 사실만으로도 가슴이 벅차올랐다. 돌이켜보면, 이성적인 생각보다 기쁨과 흥분이 앞섰던 만큼 당시의 경험이 지금까지도 강렬하게 남는 것 같다.

가와이 하야오라고 하면 미소 짓는 모습을 떠올리는 사람들이 많을 것이다. 책에 나오는 사진들도 대부분 웃고 있는 모습이었다. 가와이는 잘 웃는 편이고 또 아무것도 아닌 것처럼 보이는 일들에서도 주변 사람들을 웃게 만드는 힘이 있었다. 그날 식사 자리

때도 마찬가지였다. 처음에는 다들 긴장하고 있었는데 식사가 시작되자 온화하고 유쾌한 분위기로 그곳을 가득 채웠다.

그러던 중 다들 큰소리로 웃게 되었다. 그때 나는 가와이의 얼굴을 보았다. 얼굴은 웃고 있었는데 눈은 전혀 웃고 있지 않았다. 그 순간을 지금도 잊을 수가 없다. 그는 사람들이 웃고 있는 얼굴에서 뭔가를 보고 있는 것 같았다.

원래 수학 교사였던 가와이는 심리학을 공부하고 융 사상을 접하면서 심층심리학자가 되었다. 이는 그의 개인사이겠지만 근대 일본정신사의 분수령이 되는 사건이기도 했다. 당시 일본의 심리학은 의식의 학문에서 영혼의 학문으로 심화되어가는 과정이었다. 그는 의식 깊은 곳에 '영혼'이라고 부를 만한 뭔가가 있다고 말하곤 했는데 그것은 좁은 의미의 학문인 심층심리학만으로는 도달할 수 없다고도 했다. 다른 분야와 통섭을 하는 측면에서 가와이만큼 적극적이었던 인물도 아마 드물 것이다. 그는 치료자이며 연구자로 출발하여 마침내 사상가가 되었다.
'영혼'의 힘에 대해 다음과 같이 말했다.

> 인간관계를 개인적인 수준으로만 보는 것이 아니라 비개인적인 수준으로까지 확장시키면 그 근저에 흐르고 있는 감정은, 감정이라고도 부를 수 없는 '슬픔'이라고 생각합니다.
> 다만 일본어의 고어에서는 '슬프다'에 '사랑스럽다'라는 의미도 있기 때문에 여기에는 그런 감정도 포함된다고 해야겠죠.
>
> ———— 가와이 하야오, 《융 심리학과 불교》

또한 '슬픔'은 비탄함으로 우리를 결박하는 게 아니라 오히려 그때까지 느끼지 못했던 기쁨이나 즐거움을 발견해내는 중요한 계기가 된다고 했다.

여기서 말하는 '비개인적'이라는 것은 개인의 심정을 부정하는 말이 아니다. 오히려 개인의 중요성을 강조하고 있다. 각자의 경험을 심화하는 것이야말로 타인과 소통할 수 있는 곳으로 우리를 이끌어준다는 것이다. 가와이는 '슬픔'이 사람의 마음과 마음을 이어준다고 확신했다.

앞에서 언급한 식사 자리에서 나눴던 대화 중 가장 인상 깊었던 것은 카운셀러 혹은 가와이가 말하는 '치료자'의 태도에 대한 이야기였다. 치료자는 클라이언트와 일대일로 만난다. 치료자가 마주한 사람은 일상생활에서 어떤 시련에 직면해 있는 사람이며, 현대 사회는 이와 비슷한 나날을 보내고 있는 사람들이 적지 않을 것이다. 이 사람도 그중 한 사람이라고 생각할 수도 있다. 하지만 가와이는 그렇게 생각하지 않았다. 그는 어떤 클라이언트를 만나더라도 필사적으로 현실을 극복하려는 인류의 대표자로서 그 사람을 대한다고 말했다.

시는
영혼의
노래

21

엉겁결에 한 말을 듣고 "시인인 줄 알았네"라는
놀림을 당한 적은 없는가?
일부러 격언을 말한 것도 아니고 이상한 말을
해서 주목을 끌려고 한 것도 아닌데 쏟아지듯
튀어나온 말들이 본인이 생각해도 뭔가
감동적이었던 적은 없었는가?
부끄럽게 생각할 필요는 전혀 없다. 누구의
마음속에나 시인이 살고 있기 때문이다.
시는 시인의 마음속에만 존재하는 것은
아니다. 그렇지 않다면 국민시인이라는 표현은
생기지도 않았을 것이고, 우리가 천 년이 넘는
시간을 초월해서 《만엽집(万葉集)》을 비롯한
《와카(和歌)집》을 집어드는 일도 없을 것이다.
종이에 시를 쓰지 않는 시인이 있고 세상은
그러한 시인들로 넘쳐난다. 또한 시는
세상 어딘가에 있는 이름 없는 시인들이

읽어줌으로써 그 생명을 이어가고 있는 것이다.
누군가가 시를 썼을 때 시가 탄생하는 것이
아니다. 미지의 타인이 읽었을 때 비로소
진정한 의미의 시가 완성되는 것이다.
한 편의 시를 읽으면서 우리는 시인의 생각을
읽어내려고 한다. 하지만 작품이 훌륭하면
할수록 시는 우리에게 시인의 고백뿐만 아니라
우리의 마음속에서 쉽게 표현할 수 없는 뭔가를
찾으라고 재촉한다. 미지의 타인의 말을 통해
내면 깊숙한 곳에 잠재되어 있는 뭔가를
발견하는 경우가 있다. 독자는 거의 본능적으로
자신보다도 더 자신에 가까운 말을 시 속에서
찾아내려고 하는 것이다.
근대 일본을 대표하는 시인 중 한 사람인 무로
사이세(室生犀星)는 그의 제자라고 부를 만한
관계였던 호리 다쓰오(堀辰雄)를 회고하는 글에서

작가의 마음속에 살아 숨 쉬는 시정(詩情)에 대해 다음과 같이 말한다.

> 호리는 시인으로서 정말 훌륭한 자질을 많이 갖고 있지만 시라고 할 만한 작품은 48년 인생 동안 고작 45편밖에 쓰지 않았습니다. 글로 쓰지 않고 갖고만 있던 시는 죄다 소설로 썼던 작가입니다. 여기에서 썼다는 말은 시가 될 만한 것, 시의 중요한 구절이 어느 새 소설 속에 스며들었다는 것을 말합니다.

시가 스며드는 것은 소설 속만이 아니다. 우리의 일상생활 모든 부분에 스며드는 것이다. 그렇지 않다면 어떻게 시를 통해 깊은 위로를 받을 수 있겠는가. 시를 받아들이는 것은 독자의 내면에 있는 시정이다. 시구에 마음이 움직이는 것은 우리 마음속에 다른 모습을 한 시정이 살아 숨 쉬고 있기 때문이다.
시는 영혼의 노래이다. 시를 읽으면서 우리는 말로는 표현할 수 없는 상념이 있다는 것을 분명히 알게 된다. 또한 시는 살아 있는 자뿐만 아니라 산 자와 세상을 떠난 자의 사이를 이어주기도 한다. 우리는 어느 순간, 시를 통해 침묵 속에서 그들과 만날 수 있다. 서로 이야기를 나눌 수도 있다.
'시'라는 제목의 작품에서 호리는 이렇게 노래했다.

바람 속을
나는 걷고 있다
바람은 장갑의 실을 풀고

바람은 피부에 스며든다

피부 밑에는
뼈로 된 바이올린이 있다고 하는데
바람이 혹시 그것을
울려주지는 않으려나

——— 호리 다쓰오, '시(당나귀 제10호)'

관동대지진 때 호리는 어머니를 잃었다. 두 사람은 강으로 도망쳤고 호리는 운 좋게 목숨을 구했지만 어머니는 물에 빠지고 말았다. 바람이 스쳐 지나갈 때면 뼈에 새겨진 슬픈 심정은 시가 되고 하늘에 올리는 기도가 된다. 의식하지 못하는 경우는 있을지 몰라도 우리의 몸은 슬픔을 결코 잊지 않는다는 것이다.

슬픈
꽃

22

누군가를 사랑하는 것은 항상 슬픔을 품는 일이기도 하다. 사랑하는 상대를 잃는다는 건 견딜 수 없을 만큼 비통한 경험이기 때문이다. 감정이 다채롭고 상대를 깊이 사랑하면 할수록 우리의 슬픔도 깊어진다.

> 살아 있는 모든 것은 사라지고,
> 만남은 이별의 시작.
> 보이지 않는가? 저 덧없는 폭풍을,
> 전율하는 꽃을 지상으로 부른다.
>
> ―――― 오카쿠라 덴신, 〈백호〉

오카쿠라 덴신(岡倉天心)이 영어로 쓴 희곡 〈백호(白狐)〉에 나오는 한 구절이다. 태어나는 것은 사라져가는 과정이며 만남은 이별의 시작이라는 것이다.

'덧없는 폭풍'이란 비정하리만큼 강하게 부는 바람에 도망칠 수 없는 운명의 도래를 말한다. 바람은 아무 말도 하지 않는다. 하지만 소중한 사람과 나 사이를 갈라놓는다.
여기까지는 알 것 같다. 그런데 '전율하는 꽃을 지상으로 부른다'라는 표현이 조금 생뚱맞게 느껴질 수도 있다.
1913년 3월 덴신이 세상을 뜨기 반년 전, 그는 한 여성에게 이 시를 보냈다. 이사벨라 스튜어트 가드너(Isabella Stewart Gardner)라는 자산가로 덴신의 재능을 한눈에 알아보고 그의 활동을 지원해준 사람이었다. 작품 〈백호〉는 지금도 보스턴에 그녀의 이름을 딴 미술관에 보관되어 있다.
발표할 의도가 없었던 것은 아니겠지만 이 작품은 덴신이 시극이라는 형태로 자신의 심정을 고백한 편지라고 할 수 있다. 작품이 알려진 게 덴신의 사후라는 점에서 그의 유언처럼 보이기도 한다.
'꽃'은 덴신의 사상을 해석할 수 있는 열쇠가 되는 말이다. 〈백호〉를 받은 여성은 이 말에 어떤 의미가 숨겨져 있는지 잘 알고 있을 것이다.
마찬가지로 영어로 쓴 그의 작품 중 가장 많은 사람이 읽은 《차에 관한 책(茶の本)》에서는 꽃에 대해 다음과 같이 말했다.

> 꽃의 색이 바래지면 다도 선생은 정성스레 그것을 강물에 흘려보내거나 정성껏 땅에 묻었다. 그 영혼을 기리며 묘비를 세우기도 했다. 꽃꽂이가 처음 등장한 것은 15세기로 다도 문화가 발생한 시기와 얼추 비슷하다.

> 전해오는 이야기에 따르면 처음 꽃꽂이를 시작한 사람은 불교신자였다고 한다. 그들은 살아 있는 생물에 대한 배려심으로 폭풍에 흩날린 꽃잎을 모아 그것을 물통에 넣었다.
>
> ——— 오카쿠라 덴신, 《차에 관한 책》

《차에 관한 책》은 이전에 《차의 서(茶の書)》로 번역된 적이 있는데 《꽃의 서》라고 해도 좋을 만큼 덴신은 '꽃'에 대해 깊은 애정을 갖고 자주 언급했다.

여기서 말하는 '꽃'은 세상의 무수한 꽃들을 가리키는 말이 아니다. 단 하나밖에 존재하지 않는, 유사 이래 유일한 사랑의 '꽃'을 말하는 것이다. 존재하고는 있지만 아무런 말도 하지 않으며 소리 없이 보는 사람들의 심금을 울린다.

색이 바랜 꽃은 강으로 떠다니다가 바다로 흘러 들어간다. 그리고 천상으로 올라가 비가 되어 대지를 적신다. 또한 땅 속에 묻힌 꽃은 유구한 역사의 힘을 빌려 불멸의 존재가 되어 세상을 지탱한다. 그것은 덴신이 느끼고 있던, 죽음을 경험하고 생명이 새로 탄생하는 양상이기도 했다.

사랑하는 마음을 가슴에 품었을 때 우리가 손에 쥐는 것은 슬픔의 씨앗이다. 그 씨앗은 매일같이 애정이라는 물을 먹고 자라다 이윽고 아름다운 꽃을 피운다.

슬픔의 꽃은 결코 시들지 않는다. 그 꽃을 촉촉하게 만드는 것은 우리 마음속에 흐르는 눈물이기 때문이다. 살아간다는 것은 내 마음속에 슬픔의 꽃 한 송이를 키우는 일인지도 모른다.

그녀

시간이 얼마 남지 않은 것을 알았지만 그녀는 그 사실을 주변에 알리고 싶어하지 않았다. 그런 말을 듣고 주변 사람들이 자신에 대해 걱정하는 게 싫었기 때문이다. 남편 가족은 물론이고 심지어 자신의 부모한테도 알리지 않았다. 가족 간의 사이가 나빴던 것이 아니다. 친한 친구들조차도 임종 때까지 그녀의 투병 사실을 모르고 있었다.

하지만 상태가 악화되고 복수가 차기 시작하면서 남편 혼자서는 간호하기가 힘들어졌고 더 이상 숨길 수 없게 되자 그녀는 자신이 암이라는 사실을 부모에게 이야기했다. 그 후 그녀는 남편과 함께 친정에서 지내게 되었다. 세상을 떠나기 5개월 정도 전의 일이다. 복수뿐만 아니라 흉부에도 물이 차서 호흡조차 하기 어려워한 적도 있었다. 극심한 고통이 눈에 보였다. 하지만 그녀는 고통을 호소하지 않았다. 남편은 "아무 말이나 해도 돼. 힘들 때는 힘들다고 말해"라고 했다. 그러자 그녀는 잠시 아무 말도 하지 않다가 이렇게 말했다.

"고마워. 하지만 괜찮아. 내가 느끼는 걸 그대로 말했다간 당신이 더 견딜 수 없게 될 것 같거든."

그녀가 눈을 감은 날이었다. 흉수가 갑자기 차올라 호흡이 가늘어졌고 곧바로 응급실로 옮겼다. 의사는 응급처치를 했고 남편에게 상황이 아주 심각하다고 말했다. 그녀와 남편이 개인 병실로 들어서자 이미 그녀의 어머니가 와 있었다. 이때 말을 거의 하지 못했던 그녀가 어머니에게 했던 말은 힘들 테니까 오늘은 일단 집에 돌아가시고 내일 다시 와달라는 것이었다. 그리고 그녀에게 '내일'은 오지 않았다. 그녀는 자신의 마지막 모습을 어머니에게 보여주고 싶지 않았던 것이다.
병실에 둘만 남게 되자 그녀는 산소마스크 너머로 남편을 향해 “미안해. 조금 힘들다”라고 말했다. 그녀가 세상을 떠난 것은 어머니가 병실을 나가고 세 시간도 채 지나지 않아서였다.
남편은 아내의 부모에게 먼저 연락을 하고 자신의 가족들에게도 처음으로 아내의 투병 사실과 죽음에 대해 알렸다. 다음 날 조용히 장례를 치르기로 했다. 그녀는 친정집으로 옮겨졌고 그날 밤 남편은 아내 옆에서 잠들었다. 몇 번이나 그녀의 얼굴을 만져봤다. 차가웠고 미동조차 없었다. 당연히 말을 걸어봐도 대답은 없었다. 이유는 모르겠지만 눈물이 나오지 않았다.

장례식에는 남편의 가족들도 참석했다. 남편의 어머니는 관 가장자리를 붙들고 "왜 네가 거기에 있는 거니?" 하며 흐느껴 울었다. 그 목소리를 들었을 때 남편은 아내가 이제는 이 세상에 없다는 걸 비로소 깨달았다. 그 순간 얼마 남지 않았던 이성마저 잃어버렸다면 남편은 장례식도 제대로 진행하지 못할 정도로 통곡했을지도 모른다.

정신과 의사였던 가미야 미에코(神谷美恵子)의 《삶의 보람에 대해》에는 사랑하는 사람을 잃은 젊은 여성의 수기가 몇 군데 인용되었다. 그 수기를 쓴 여성은 환자가 아니라 갑작스레 연인을 잃은 젊은 날의 가미야 자신이었다.

> 와르르르. 갑자기 무서운 소리와 함께 대지가 발밑에서 무너져 내리며 무거운 하늘이

> 그 속으로 빨려 들어갔다. 나도 모르게 두 손으로 얼굴을 감싸안고 길 한가운데에 털썩 주저앉아 버렸다. 끝을 알 수 없는 암흑 속으로 한없이 추락하고 있었다. 그는 아주 떠나버렸고 그와 함께였던 나도 지금까지 지녀온 생명력을 잃었다.
>
> ———— 가미야 미에코, 《삶의 보람에 대해》

사랑하는 사람을 잃은 것만이 아니다. 그와 함께 보내온 나날들마저도 모조리 사라져버린 것 같아 살아갈 의미를 잃어버린 것이다. 하지만 가미야는 이 책에서 영국의 시인 테니슨(Alfred Tennyson)이 쓴 구절을 인용했다.

> 사랑하고, 그리고 잃는다는 것은 한 번도 사랑한 적 없는 것보다는 행복한 것이다.

그렇다. 지금 나는 이 시인의 신음까지도 이해할 수 있다. 지금까지 말한 '그녀'는 5년 전에 세상을 떠난 나의 아내이다.

색깔 없는 색

24

《신고금와카집(新古今和歌集)》의 페이지를 펼치면 '가을의 해질녘'을 노래한 두 편의 아름다운 와카가 실린 부분이 있다. 첫 번째는 사이교(西行)의 와카이고 다른 하나는 후지와라 데이카(藤原定家)가 노래한 시이다. 후지와라는 다음과 같이 가을을 노래했다.

마음이 없는 몸조차 정취를 아는구나.
도요새 날아가는 가을 해질녘
돌아보면 벚꽃도 단풍도 없었더라.
해변가 작은 오두막집의 가을 해질녘

——— 후지와라 데이카

'마음이 없다'는 것은 '정취'를 이해하지 못하는 마음의 상태를 의미한다고 학교에서 배웠다. 그리고 '벚꽃도 단풍도 없었더라. 해변가 작은 오두막집'은 벚꽃도 단풍도 없는 해변에 오두막이 있을 뿐이라고 해석한다고 배웠다. 고어사전이나 현대어로 번역한 것을 보면 분명히 그렇게 적혀 있다. 하지만 이렇게 처음부터 끝까지 직역한 부분만 본다면 사람들이 오랫동안 이 시를 사랑하지는 않았을 것이다.

'마음이 없다'는 것은 마음속 깊은 곳의 '마음', 즉 무심한 상태를 표현하는 말이다. 내 마음이 아무것도 느끼지 못했다 하더라도 그 깊은 내면에 잠재되어 있는 또 하나의 마음은 언제나 소리 없는 세상의 목소리를 듣고 있는 것이다. 무심한 상태란 마음이 없어져버린 것을 가리키는 게 아니다. 내 마음이 극한의 경지에 이르러 무(無)가 되는 상태인 것이다. 그것은 동시에 창의력 넘치는 '무'의 세계이기도 하다.

아름다운 시에 나오는 말은 무심의 세계를 통과하면서 탄생한다. 시가 반드시 시인의 말일 필요는 없다. 시인이 아닌 사람도 일상생활 속에서 우연히 시구를 말할 때가 있다. 우리가 시를 느낄 때는 보통 무심한 상태로 살고 있을 때이다. 시란 무심한 마음이 요동치는 가운데 나타난다.

벚꽃도 단풍도 없었더라. 벚꽃도 단풍도 없다고 시를 읊을 때 우리 마음속에는 벚꽃이나 단풍이 오히려 더 선명한 색으로 빛을 발한다. 그 말은 살아갈 희망 따윈 없다고 울부짖는 순간 오히려 삶의 의미를 더 뚜렷하게 느끼는 것과 같은 이치이다. 의식 속에서는 절망을 느끼고 있지만 무심한 상태에서 미세하게 스며드는 빛을 놓치지 않고 있다.

이 시에서 노래한 '꽃'과 '단풍'은 선명한

색으로 독자의 마음에도 피어난다. 이러한 일들은 색과 세상에 대해 다시 한 번 생각하게 해준다.

세상은 색으로 가득 차 있다. 우리는 일상의 여러 장면에서 색으로 속마음을 표현한다. 결혼식이나 장례식에 참석할 때 옷의 색으로 의미를 전하기도 한다. 고대 아스카시대의 관위 12단계에서도 각각의 지위를 의미하는 색이 있었다. 색을 상징의 수단으로만 사용한 것은 아니다. 예전부터 색에는 영혼을 지켜주는 힘이 있다는 믿음이 있었다.

비탄 속에 빠져 아스팔트 길을 혀로 핥는 듯한 기분으로 하루하루를 보낸 적이 있다. 그때 세상이 암흑으로 뒤덮여 있었던 것은 아니었다. 내가 직면한 것은 오히려 색이 사라져가는 느낌이었다. 색이 '색깔이 없는 색'으로 모습을 바꾼 것이다.

'색깔이 없는 색'이란 색이 바랜 상태를 가리키는 말이 아니다. 그것은 '덧없고 한시적인 세상에서 화려한 색의 아름다움을 초월한 궁극의 아름다움'을 표현한 것이라고 (《겐지 이야기의 색》) 고전문학 연구의 권위자 이하라 아키(伊原昭)는 말하고 있다.

색은 침묵의 언어이다. 이하라는 언어로서의 말이 아닌 색이라고 하는 또 하나의 '말'을 통해서 고전문학을 해석하고 그 안에 숨겨진 진정한 비의를 밝히고자 한 것이다.

'색깔 없는 색'의 세계에서는 기존의 가치가 뒤집어지기도 한다. 약자라 불리는 존재의 영혼에 꺼지지 않는 용기의 불꽃이 타오르는 게 보일 것이다. 그곳에서는 슬픔도 더 이상 단순한 불길함의 대상이 아니라 오히려 삶의 의미를 소리 높여 고하는 계기가 된다. 이별은 새로운 만남의 시작이 되는 것이다.

문학의 경험

25

2016년은 나쓰메 소세키(夏目漱石) 사후 100주년이고 그 다음 해는 탄생 150주년이 된다.

《마음》은 소세키의 작품 가운데 사람들이 가장 많이 읽는 작품이다. 많이 읽는다는 것이 반드시 깊이 읽는다는 것을 의미하지는 않는다. 줄거리가 널리 알려지기 시작하면 이야기는 오히려 본래의 모습을 감추게 되는 경우가 있다. 이는 독특한 현상이 아니다. 우리도 다른 사람의 소문을 쉽게 믿는 사람에게 자신의 속마음을 털어놓거나 하지는 않을 것이다. 책도 마찬가지이다. 고전은 오랫동안 함께 읽어줄 독자가 나타나기를 기다리고 있다. 우리는 읽음으로써 제각기 자기만의 《마음》을 가슴 속에 품게 되는데 그것이 바로 문학의 경험인 것이다.

《마음》이라는 표제는 원래 《心》이라는 한자로 표기했다. 그뿐만 아니라 신문에 연재하는 동안에는 '선생님의 유서'라는 부제도 달려 있었다. 그랬던 것이 언제부터인가 《こころ》라고 히라가나로 쓰게 되었고 '선생님의 유서'는 마지막 장의 소제목으로 남았다. 책 제목만이 아니다. 지금까지 전집에 수록된 말들은 소세키가 쓴 것 그대로가 아니라 그의 제자들이나 편집자들이 수정한 것들이 대부분이다. 한자나 히라가나 표기의 개정뿐만이 아니다. 어떤 강연의 내용을 기록한 경우에는 소세키가 발표한 것과는 전혀 다른 내용이 수록되기도 했다.

이런 상황에 큰 변화가 생긴 것은 1993년 이와나미 출판사에서 간행한 《소세키 전집》이다. 이 책을 편집하는 과정에서 핵심적인 역할을 한 아키야마 유타카(秋山豊) 씨는 처음 연재한 잡지는 물론이고 소세키의 친필원고까지 거슬러 올라가 작품 본래의 모습을 되살려냈다.

고전이라고 불리는 서적들은 신기한 힘을 가지고 있다. 많은 사람이 읽을 수 있도록 썼지만 동시에 개개인의 독자한테 보내는 편지 같기도 한 것이다.

그것은 《마음》에 등장하는 '선생님'도 느꼈던 것처럼 그는 '나'에게 보내는 유서에 다음과 같이 썼다.

"나는 몇 천만 명이나 되는 일본인 중에서 오직 자네한테 내 과거 이야기를 전하고 싶다네."

한 개인이 나를 진심으로 받아준다면 모든 인류에게 호소하는 것과 다를 바 없다고 '선생님'은 생각했다. 이것은 '선생님' 그리고 작가인 소세키의 바람이기도 했을 것이다.
아키야마 씨는 방대한 친필 원고를 보면서 몇 번이나 위의 말을 곱씹었던 게 아닐까 싶다.
소세키의 재발견 과정은《소세키의 삶의 여정》이라는 책에 나와 있다. 이 책은 뛰어난 소세키론일 뿐만 아니라 읽는 것과 쓰는 것의 진정한 의미를 다시 생각하게 만드는 책이다.
저자는 2015년 1월에 세상을 떠났다.
독자란 작가가 들려주고자 하는 말을 그대로 받아들이는 존재가 아니다. 작가도 느낄 수 없었던 진정한 의미를 각자의 언어로 이야기의 심층까지 발견해내는 존재들이다. 이러한 고유의 역할이 독자들에게 위임되어 있다는 사실을 우리는 책을 펼칠 때마다 몇 번이고 상기해야 한다.
또한 문학이란 유리책장에 장식으로 꽂힌 책

속에 있는 것이 아니라 개개인의 영혼 속에서 벌어지는 단 한 번뿐인 경험을 가리키는 말이라는 점도 기억해야 할 것이다.
'선생님'은 유서에서 다음과 같이 썼다.

> 나는 어두운 속세의 그림자를 거리낌 없이 자네의 머리 위로 던져줄 것이네. 하지만 두려워해서는 안 되네. 어둠을 제대로 응시하면서 그 속에서 자네가 참고로 할 만한 걸 꼭 붙잡아야 해.
>
> ———— 나쓰메 소세키, 《마음》

사라지지 않는 빛은 언제나 어둠 속에 있다는 말이다.

죽은 자의 계절

26

여름은 죽은 자의 계절이다. 죽은 자의 존재를 짙게 느끼는 계절이라는 표현이 더 적합할지도 모르겠다.

오봉(お盆, 양력 8월 15일로 일본 최대의 명절로 조상의 영혼을 맞이하여 대접하고 모두의 건강과 행복을 기원하는 날)에 피안의 세계에서 죽은 자들이 방문하고 가족이 모두 모여 맞이하는 전통이 있기 때문만은 아니다. 1945년 히로시마와 나가사키에 원자폭탄이 투하되어 수많은 사람이 목숨을 잃고 제2차 세계대전이 종결되었기 때문이기도 하다.

죽은 자는 산 자를 지켜준다. 민속학자 야나기타 구니오(柳田國男)는 저서 《선조 이야기》에서 그것이 바로 '선조'라는 존재의 바탕이라고 했다. 야나기타도 전쟁의 참화 속에서 이 책을 썼다.

여기서 말하는 죽은 자는 단순히 죽은 사람을 가리키는 것이 아니다. 모습이 보이지 않고 목소리도 들리지 않지만, 분명히 존재하는 '살아 있는 죽은 자'이다.
하지만 세상 모든 사람이 죽은 자가 존재한다는 세계관을 지닌 것은 아니다. 지금까지 죽은 자를 다루어 몇 편의 글을 쓰면서 죽은 자는 없다고 주장하는 사람을 더러 만났다.
세계관은 세상에 존재하는 사람의 숫자만큼 존재한다. 그런데 죽은 자를 부정하는 사람은 대부분 자신의 의견을 강변하려 들어 우려스러웠다. 죽은 자는 없다고 믿는 것이 아니라 죽은 자의 존재를 이야기하는 데 분노를 느끼는 것처럼 보였다.
인간의 존재는 육체가 죽으면 소멸되므로 죽으면 무(無)로 돌아간다고 이야기하며 죽은 자를 부정하지도 긍정하지도 않는 사람도 적지 않다. 죽은 자의 존재는 문제가 되지 않는다는 것이다.

어떤 이유에서든 죽은 자의 존재를 인정하지 않는 사람이라 할지라도 소중한 사람의 장례식에서는 진중한 모습을 보일 것이다. 평화를 기원하는 다양한 추도식이나 위령제에 엄숙한 표정으로 참여할 것이다.

어느 날 문득 죽은 자의 이름을 불러보거나 어려운 상황이 닥쳤을 때 죽은 자에게 기도를 올리는 사람도 있다. 말로는 죽은 자를 부정하면서도 행동이 인정하는 셈이다.

한편 죽은 자의 존재를 믿고 그들을 존중해야 한다고 여기는 사람이라고 해서 반드시 죽은 자를 진심으로 기리는 것도 아니다. 마치 죽은 자의 '대변인'처럼 이야기하는 행위가

요즈음 곳곳에서 눈에 띈다. 죽은 자의 '말'은 침묵이라는 사실을 잊어서는 안 된다. 침묵은 언제나 언어를 뛰어넘는 힘을 지닌다.

그러나 죽은 자를 대하는 우리의 행동에는 모순이 많다. 사람은 누구나 이념대로만 살지 않는다. 살지 못하는 것에 가깝다.

또한 산 자는 죽음을 알지 못한다. 죽음을 이야기할 때는 잘 모르는 것을 이야기할 때처럼 말을 잘 선택해야 한다. 죽은 자의 존재를 명확히 증명할 수 있는 사람도 없다. 산 자에게 죽은 자는 그저 끝없는 수수께끼일 뿐이다.

하지만 죽은 자와 함께하는 삶을 이야기하는 진심 어린 말은 문화와 국경을 뛰어넘어 셀 수 없이 존재한다. 죽은 자가 없었다면 종교와 예술, 문학 그 무엇도 없었을 것이다. 그 영향력은 말 그대로 어마어마하다.

뛰어난 영문학자이자 동화 《나니아 연대기》의 저자인 루이스(Clive Staples Lewis) 역시 죽은 자에 대해 이야기하곤 했다. 독실한 기독교인이었던 그에게 죽은 자는 산 자와 다른 모습을 한 인생의 동반자였다. 그 인식을 더욱 확고히 해준 것은 개인적인 경험이었는데, 바로 사랑하는 아내의 죽음이었다.
그는 비교적 늦은 나이인 58세에 결혼하여 그로부터 4년 후에 인생의 반려자를 떠나보냈고 다시 3년 후에 65세의 나이로 세상을 떠났다. 아내를 애도하며 쓴 《헤아려 본 슬픔》은 다음과 같은 문장으로 시작한다.

> 슬픔이 이리도 두려움과 비슷한 느낌이라는 것을 그 누구도 말해주지 않았다. 나는 두렵지 않으나, 그 느낌은 두려움과

> 비슷하다. 폐부가 떨려오고 편안함이 전혀 없으며 절로 입이 벌어진다. 나는 이를 악물며 그 느낌을 억누른다.

사랑하는 사람을 잃는 일은 두려움과 전율, 그리고 허무함의 혼합액과 같은 시공간으로 그를 끌어들였다. 비단 루이스만 느낀 감정이 아니다. 적어도 나는 그랬다. 깊은 슬픔에 빠질 때 우리는 죽은 자가 가까이에 있다는 것을 인식하지 못한다. 같은 책에서 루이스는 다음과 같이 썼다.

> 뜨거워진 슬픔은 우리를 죽은 자와 연결해주지 않고 끊어버리기 때문이다. 이는 점점 명확해진다. 슬픔을 가장 덜 느낄 때—아침에 목욕할 때가 거의 그러한데—

H는 너무나도 생생하게, 내가 아닌
타인으로서 내 마음속에 비집고 들어온다.

'H'는 그의 아내 헬렌이다. 우리가 고통에 몸부림치며 떠나보낸 사랑하는 이의 이름을 소리쳐 부르면 죽은 자의 소리 없는 목소리가 묻히고 만다. 죽은 자의 방문을 명확하게 느끼는 시점은 눈물이 다 말라버렸을 때, 통곡을 멈췄을 때라는 것이다.
내 앞에서 죽은 자는 없다고 주장한 사람들 가운데에도 남들 모르게 오열한 사람이 있었을 것이다. 죽은 자는 없다. 있다면 내가 알 만한 형태로 반드시 존재하지 않겠는가, 그들은 그저 그렇게 이야기하고 싶었던 것이다.

끝머리

충격적이라는 말과는 조금은 성질이 다르고 잊을 수 없다는 말밖에 할 수 없는 순간이 누구에게나 있을 것이다. 특별한 경험을 이야기하는 것이 아니다. 어제까지 아무런 변화도 없었던 일상에서 조용히 막이 올라가듯이 지금까지는 몰랐던 일들이 희미하지만 조금씩 느껴지게 된다.

그렇게 무엇인가에 이끌려 삶의 깊숙한 곳에 위치한 방이라고 부를 만한 장소에 들어간 적은 없는가? 놀라움에 가까운 심정을 누군가에게 전하고자 온갖 말로 이야기해보려고 하지만 전하려고 하는 말들을 입에 담자마자 반짝거리던 사건들이 그저 평범한 일로 둔갑해버린다. 내면세계에서는 마치 성스러운 사건처럼 느껴졌던 일들도 말하기 시작하면 그 빛을 잃어버린다.

이러한 일들이 몇 번 반복해서 일어나면 점점 떠올리려고도 하지 않는 게 당연하다. “말로 다 표현할 수 없는 일인 거야”라고 인생이 말하고 있는 것처럼 느껴지는 것이다.
확신도 흔들리고 이전에는 의미가 있었던 일들이 단순한 착각일지도 모른다고 믿게 되는 것이다. 나에게도 이러한 경험이 몇 번이나 반복되던 시기가 있었다.
하지만 어느 순간 어쩌면 이런 사건들은 말로 할 게 아니라 글로 쓸 필요가 있다는 생각을 하게 되었다.
생각을 글로 옮기는 게 아니다. 반대로 글을 쓰면서 내가 무슨 생각을 하고 있는지 발견하는 게 아닐까 생각한다. 쓴다는 것은 단순히 자신의 생각을 글자로 옮기는 행위라기보다 쓰지 않으면 결코 알 수 없는 ‘인생의 참뜻’을 인식하게 되는 경험이 아닐까 하는 생각을 하게 되었다.

환희에 넘치는 슬픔을 경험한 적이 있다.

글자만 보면 모순을 넘어서 무의미하다고까지 생각했다. 하지만 이렇게 글로 표현할 수밖에 없는 감정이 분명히 존재한다.

이미 세상을 떠났고 두 번 다시 그 모습을 볼 수 없다고 생각했던 사람들의 존재를 슬픔 속에서 다시 발견했을 때 나는 그렇게 생각했다.

모습은 보이지 않고 만질 수도 대화를 나눌 수도 없다. 하지만 분명히 존재하고 있다. 슬픔 속에 살아 있는 것이다. 이렇게 글로 표현하다 보면 환희와 슬픔은 같은 심정의 두 얼굴이라는 것을 알게 된다. 환희와 비애는 사라지지 않는 하나의 사랑을 가리키는 서로 다른 이름이라는 것을 알게 되었다.

잊을 수 없는 환희의 경험을 말하라고
한다면, 내 마음은
미소가 절로 나는 일들에 대해 이야기하기
시작한다.
하지만,
마음 깊은 곳에서
늘 소리 없는 목소리로 이야기하는 나의
영혼은
가장 견디기 힘든 이별에 대해 쓰라고
속삭인다.
네가 힘들게 찾아다닌 진정한 환희는
슬픔의 저 너머에 있었다는 것을 떠올리라며
가늘고 조용한 목소리로 이야기한다.

생각해보면 당연하지만 우리는 단 한순간도
똑같은 존재일 수가 없다. 지금의 나는 내일의

나와 다르다. 나는 매 순간 변화하고 있다.
그래서 글을 쓰는 것도 지금밖에 할 수 없는 한 번뿐인 일이다. 의식을 하느냐 마느냐의 문제가 아니라 우리는 항상 지금밖에 쓸 수 없는 말들을 만들어내고 있다.
자신의 생각을 글로 옮기는 게 어렵다고 생각되면 기억에 남는 말을 적어보기만 해도 된다. 심금을 울리는 말을 글로 새기는 것도 우리에게 주어진 소중한 역할이다. 염색가이자 수필가인 시무라 후쿠미(志村ふくみ)가 필사에 대해 쓴 글이 있다.

> 지금 이곳에 존재하며 이 손에 맡겨진 무언가를, 이 가슴에 한마디의 '말'을 새기지 않을 수가 없다. 노트에 적기 시작한 지 1개월 남짓, 이 흔치 않은 시간을 무엇에 비유하면

좋을까? 아침에 잠에서 깨려고 기도 집을 읽다가 지금까지 전혀 눈에 띄지 않았던 한 구절을 접하고 그게 심금을 울리듯 온몸으로 전해진다.

———— 시무라 후쿠미, 《밤의 기도, 릴케를 읽다》

다른 사람의 말이라도 옮겨 쓰다 보면 자신의 '말'로 바뀌어간다는 것이다. 표현하려고 하는 의도에서 벗어난 듯해도 사실상 그 사람의 마음속에 있는 것을 뚜렷하게 비춰주는 경우가 있다.

인용은 인생이 덧붙여질 때 고귀한 침묵을 만들어낸다. 거기에 새겨진 말은 사람이 이 세상에 남길 수 있는 가장 아름다운 것이 될 수도 있다.

위의 구절에 나온 '기도집'이란 릴케의 '기도

시집'을 말한다. 시무라의 노트를 가까이서 본 적이 있었는데 거기에는 위에 인용한 것처럼 릴케의 글이 적혀 있었다. 릴케의 글이라는 것을 알면서도 거기에 적혀 있는 글이 시무라가 피로 써내려간 말처럼 느껴졌다.

이 작은 책에 수록된 짧은 에세이에서 독자들과 함께 나누고 싶은 것은 바로 글을 쓴다고 하는 참된 의미 즉 '비의(秘義)'다. 사람은 누구나 피치 못하게 맞게 되는 암흑의 시간 동안 그곳을 비춰줄 '말'을 자신의 몸에 지니고 다닌다. 그리고 그 말을 글로 써서 세상에 내보일 수 있는 것은 자기 자신뿐이다.

책에는 여러 명의 지은이가 있다. 작가도 그중 한 명이겠지만 편집, 교정, 영업 그리고 서점 직원, 독자도 그 안에 포함된다. 말은 글로 썼을 때 완성되는 것이 아니라 독자들이 읽었을 때 비로소 생명력을 지니게 된다.
이 책에 담긴 에세이는
2015년 1월 8일부터 6월 25일까지 매주 목요일
〈니혼게이자이신문(日本経済新聞)〉의 석간에
25회에 걸쳐 게재된 것들이다. 그때 각 장의
제목, 그리고 전체 골격이 잡히기까지 많은
도움을 주신 분이 문화부의 기시다 마사유키
씨다. 편집이라는 것은 보이지 않는 글로
작품을 지어내는 일이다. 연재를 지속할 수
있었던 것은 기시다 씨의 편집 역량이 있었기에
가능했다.
그분께 깊은 감사의 말을 전하고 싶다.
또한 신문에 연재하는 동안 독자
여러분들로부터 굉장히 진지한 감상의 편지를
많이 받았다. 매주 손편지로 감상을 보내주시는
분들도 계셨다. 그 편지에 담긴 말에 이끌려

미지의 독자 한 분 한 분께 직접 말을 걸듯이
글을 쓰며 자신을 계속 고무시킬 수 있었다.
진심으로 감사의 말씀을 전한다.
그리고 보이지 않는 곳에서 이 책의 출판을
든든하게 지원해주신 나나로쿠 출판사
관계자분들께도 진심으로 감사의 뜻을 전하며
이 작은 책을 완성한 기쁨을 함께 나누고 싶다.
또한 회사에서 함께 일해준 동료들에게도 다시
한 번 깊은 감사의 말을 전하고 싶다. 그들과
함께한 시간은 나에게 아주 소중한 문학의
원천이 되었다.
마지막으로 우리는 누구나 진심으로 원하는
말을 직접 쓰려고 하는 본능을 가지고 있다.
이 책을 집어든 독자가 종이에 적힌 말을 그냥
읽는 게 아니라 글을 쓰면서 응당 만나야
할 말들과 조우하는 경험의 계기가 된다면

필자로서 그보다 더한 기쁨은 없을 것이다.

2015년 11월 2일

죽은 영혼을 위한 위령의 날에

한국의
독자들에게

커피숍에서 테이크아웃으로 커피를 산다.
그런데 한 모금 마시자마자 손이 미끄러져
커피를 떨어뜨려 버린다. 하는 수 없이 커피를
다시 한 잔 주문한다. 이때 커피는 '양적'인
것으로 존재한다.
양적인 것은 대신할 수 있다. 설령 그것을
잃어버린다 하더라도 비용을 지불하면 되돌릴
수가 있다. 바꿔 말하면, 없어져도 대체가
가능하다면 어떤 것을 손에 넣어도 그것은
양적인 것이라고 생각하게 된다.
서점에 가면 같은 책들이 높게 쌓여 있는
경우가 있다. 그 책들은 모두 같은 말로
인쇄되어 있다. 가장 위에 있는 책을 집든지 그
밑에 있는 것을 사든지 간에 내용이 다른 것은
아니다. 이때의 책도 양적인 것이다.
한편 양적인 것과 성질을 달리 하는 '질적'인

것도 존재한다. 질적인 것은 양적인 것과는 달리 대체가 불가능하다. 서점에 쌓여 있는 책을 읽고 감동을 받아 밑줄을 긋거나 포스트잇을 붙인다. 표시를 하지 않아도 자신도 모르는 사이에 그 책을 가슴에 끌어안는다. 그렇게 하는 것만으로도 그 책은 더 이상 어디에나 있는 흔한 책이 아니라 세상에 단 하나뿐인 '책'이 되는 것이다.

똑같은 부분에 선이 그어진 책은 존재할 수 없다. 읽는다는 것은 양적인 것을 질적인 것으로 변화시키는 힘을 가진다.

책을 한 달 정도 가방에 넣고 다녀본다. 그러면 그것은 책의 모습을 하고 있지만, 세상에 둘도 없는 인생의 동반자가 될지도 모른다. 소중히 여기는 마음은 양적인 것에서 질적인 것으로 변화시키기도 한다.

여기저기 표시를 한 책을 어딘가에 놓고 잊어버린다. 그 순간 우리는 잃어버린 것이 책이라는 물건이 아니라 거기에 새겨진 수많은 심정이나 경험, 시간이라는 사실을 깨닫게 된다. 그렇게 되면 이제 '책'이면서 눈에 보이지 않는 말로 쓰인 자서전이었다는 것을 알게 된다.

'질적'이라는 것은 세상에 하나밖에 없는 것의 또 다른 이름이 분명하다. 그것은 고유한 것, 그리고 반복이 되지 않는 것이다. 더 나아가 사람은 질적인 것을 소유할 수도 없다. 우리에게 허락되는 것은 그것을 경험하고 기억하는 일뿐이다.

하지만 양적인 것과 질적인 것이 제각기 존재하는 것은 아니다. 그것은 하나로 존재한다. 같은 것이라도 서로 다른 사람이

보면 다르게 느낀다.
소중한 사람을 떠나보낸다. 그 사람의 유품은 남은 자에게는 없어서는 안 되는 세상에 단 하나뿐인 소중한 물건이다. 하지만 세상을 떠난 사람에 대해 전혀 모르는 사람이 본다면 그저 흔해빠진 오래된 물건에 지나지 않는다.
육안으로는 같은 물건으로 보이지만 느끼는 '의미'가 전혀 다르다.
의미는 언제나 질적인 것이다. 책을 읽는다는 것은 작가가 쓴 문자를 눈에 보이지 않는 의미로 새롭게 탄생시키는 일이다. 읽는다는 것은 문자를 의미로 재창조한다고 말해도 과언이 아닐 것이다.
똑같이 반복되지 않는다는 사실을 이제 누구나 알고 있다. 그럼에도 그것을 깊이 느끼면서 사는 경우는 많지 않다. 똑같은 '지금'이 지속될 거라는 착각에 빠진다. 마치 오늘과 똑같은 내일이 또 올 것처럼 살아가고 있다. 하지만 우리의 감각은 허망한 것이고 오늘은 두 번 다시 오지 않는다.

책을 읽는다는 것은 사람과 언어와 시간이라는 세 요소를 동시에 경험할 수밖에 없다. 그래서 오늘 읽는 말을 우리는 내일 읽을 수가 없다. 글은 변함이 없지만 오늘은 다시 돌아오지 않고 책을 읽는 우리도 매 순간 변해간다.

현대인은 책을 끝까지 다 읽으려 서두른다. 하지만 우리는 조금 다른 태도로 책과 시간을 보낼 수 있다. 다 읽는 게 아니라 같이 성장해가는 '친구'로서 책과 마주하는 것이다. 그렇게 느낄 수 있을 때 말은 우리 앞에서 '양'이라고 하는 가면을 벗고 '질'이라고 하는 진정한 모습을 보여준다. 이 작은 책이 한국 독자들에게 그러한 친구가 되기를 진심으로 바란다.

이 책은 나에게는 굉장히 특별한 의미가 있는 책이다. 글을 쓴다는 것은 본래 말을 자신에게서 떠나게 하는 작업이겠지만, 나는 이 책의 작가일 수 있다는 사실에 지금도 자부심을 느끼고 있다. 또한 이 책이 한국에서 출판되는 나의 첫 번째 책이라는 사실에도 커다란 기쁨과 자부심을 느낀다.

일본 출판사 나나로쿠 출판사의 무라이 미쓰오 사장님이 계시지 않았더라면 이 책이 나오지 못했을 것이다. 다시 한 번 감사의 말씀을 전하고 한국어로 출판되는 기쁨을 함께 나누고 싶다.

김순희 선생님이 번역을 해주신 것은 기대하지 못했던 일이다. 선생님이 번역한 이승우 작가님의 작품을 통해서 나는 한국문학에 눈을 뜨게 되었다. 두 분께 진심으로 감사의 말씀을 드리고 싶다.

한국문학번역원의 이선행 선생님, 김순희 선생님의 제자인 박은정, 안민희, 이시자키 요시코, 아사다 에미, 그리고 한국 출판사인 위즈덤하우스 한수미 씨께도 이 자리를 빌려 감사의 말을 전하고 싶다. 또한 분명히 내가 모르는 곳에서 힘쓰신 많은 분들 덕분에 이 책이 한국의 독자들 곁으로 갈 수 있을 거라는 생각을 한다. 그렇게 도와주신 분들께도 인사를 드리고 싶다.

마지막으로 나의 동지들에게도 고맙다는 말을 전하고 싶다. 나의 모든 생활은 작은 우리 회사의 동료들과의 일상으로 이루어진다.

이 자리를 빌려 인사드리고 싶다. 또한

서일본(西日本) 신문사의 히라바루 나오코 씨가 여러모로 도움을 주셨다. 다시 한 번 감사의 말씀을 드리고 싶다.

2018년 3월 1일

와카마쓰 에이스케

문고판 후기

이 책은 한국어, 중국어로도 번역되었다. 모든 번역은 문화의 융합과 작은 창작을 거쳐서 하나의 책으로 탄생한다. 각 외국어로 번역될 때 '슬픔'을 표현하는 어감에 큰 차이가 없었다는 사실이 인상 깊었다.

'슬픔'은 그저 비통한 경험으로 끝나지 않는다. 애련(哀憐)을 느끼는 '애처로운' 마음이 되고, 비애(悲愛)를 발견하는 '사랑스러운' 마음이 되며, 슬픔 속에서 피어나는 아름다운 꽃을 발견하는 '아름다운' 마음이 될 것이다.

인생에는 슬픔의 문을 통해야만 겪을 수 있는 지평이 있다. 사람은 슬픔 가운데 살아갈 때 비로소 '나'라는 껍질을 깨고 진정한 '내 모습'을 엿보게 된다.

또한 슬픔을 겪으며 발견한 희망이야말로 타인과 나눌 수 있을 만큼 강력한 힘을

지닌다. 슬픔 가운데 살아간다는 것은 시들지
않는 희망을 발견하기 위해 떠나는 여행이나
다름없다.
문고판을 만드는 과정에서 문예춘추(文藝春秋)의
야마구치 유키코 씨에게 많은 도움을 받았다.
편집이라는 일은 눈에 보이지 않는 문자로
'쓰는' 작업이지만, 말에 '책'이라는 모습을
부여하는 일이기도 하다.
표지와 본문에는 자수 작가인 오키 준코 씨의
작품을 넣었다. 오키 씨와 이 책을 연결해준
것은 문예춘추의 기무라 미요 씨였다. 이 역시
창조적인 독자가 있었기에 가능했다.
오키 씨의 작품은 아름답기만 한 것이 아니다.
간절한 힘이 응축되어 있다. 이 책을 통해
전하고 싶었던 것은 '간절한' 감정은 아니었다.
간절함이 무엇이냐는 질문이었다. 오키 씨가 이

책을 맡아주신다고 들었을 때 받은 충격을 잊을 수 없다. 책이 새로 태어나는 느낌이었다.
단행본 발행과 편집을 맡아준 나나로쿠 출판사의 무라이 미쓰오 씨에게도 다시 한 번 깊은 감사를 전한다. 이 책을 만들어주지 않았다면 작가로서 전혀 다른 인생을 살았을 것이다. 그는 작가로서의 긍지를 느끼게 해주었다.
'쓰는' 행위는 말을 떠나보내는 일이다.
문고판으로 나온 이 책이 새로운 독자들과 만나기를 기원하며 세상에 떠나보내고자 한다.

2019년 10월 25일 다카라즈카에서

와카마쓰 에이스케

역자
후기

이 책은 2018년 《슬픔의 비의》라는 제목으로 처음 위즈덤하우스에서 출간되었다. 그리고 이번에 와카마쓰 작가님의 진심 어린 말을 담은 한 편을 추가하여 다시 선보이게 되었다. 한국문학번역원에서 김순희 선생님께 문학 번역을 배웠다. 당시 선생님과 제자들은 번역 세미나에서 《슬픔의 비의》를 나눠 읽고 '말'과 '번역'에 대한 이야기를 나눴다. 솔직히 고백하자면 그때 나눈 말들이 생생히 떠오르진 않는다. 혹시 그때 메모를 해둔 게 있진 않았을까 싶어 예전에 공부한 자료들을 뒤져봤다. 메모는 없었지만, 당시 선생님께서 고운 글씨로 《슬픔의 비의》 원서를 필사하여 내게 주신 공책을 발견했다. 나도 조용히 처음부터 끝까지 옮겨 적고 나서 번역 작업에 나섰다. 조금은 유치하지만 선생님께서

돌아가신 후 한 번도 꿈에 나와주시질 않아
서러웠는데, 책을 필사하는 내내 선생님을
떠올렸다. 거창한 의미를 담으려는 것이 아니라
이 책이 전하려는 마음이 그런 것이라는 생각이
들었다.

북플랫에서 김순희 선생님의 초판 번역본을
유지하고 싶다고 제안했고, 이에 대해 선생님
가족 분들도 허락해주셨다. 이번에 새로
추가된 스물여섯 번째 글의 번역을 맡겨주신
박경순 대표님께 감사를 전한다. 번역료는
선생님의 가족 분들과 제자들의 뜻에 따라 전액
기부하기로 했다.
처음 읽었을 때는 미처 몰랐지만 내가 경험하는
것들이 변하고, 다시 읽으니 보이는 것들이
있다. 어두운 시기에 다시 세상에 나온 이 책이

많은 한국 독자들에게 위로의 말이 되었으면 좋겠다.

안민희

참고문헌

——— 첫머리

《밤과 안개》 빅터 프랭클, 이케다 가요코(池田香代子) 역, 미스즈쇼보

01 ——— 슬픔의 비의

《미야자와 겐지(宮沢賢治) 시집》 아마자와 타이지로(天沢退二郎)편, 신초문고

02 ——— 눈에 보이지 않지만 명확한 것

《젊은 시인에게 보내는 편지·젊은 여성에게 보내는 편지》 릴케, 다카야스 구니요(高安国世) 역, 신초문고

03 ——— 낮고 농밀한 장소

《고바야시 히데오(小林秀雄) — 오키 야스오(越知保夫)전집》 게이오대학출판회

04 ——— 끝을 알 수 없는 '무지'

《메논》 플라톤, 후지사와 노리오(藤沢令夫) 역, 이와나미문고

05 ——— 잠 못 이루는 밤의 대화

《마음의 여행》 가미야 미에코(神谷美恵子) 컬렉션, 미스즈쇼보

06 ——— 저편 세상에 닿을 수 있는 노래

《생각하는 힌트》 고바야시 히데오(小林秀雄), 문예춘추

07 ——— 용기란 무엇인가

《링거 폴대가 의미하는 것, 꿋꿋이 살아갈 것이다》 이와사키 와타루(岩崎航), 나나로쿠샤

08 ——— 하라 다미키의 작은 수첩

《여름 꽃》 하라 다미키(原民喜), 이와나미문고

09 —— 스승에 대하여

《유고집 〈나무 아바〉의 기도(遺稿集 〈南無アッバ〉の祈り)》
이노우에 요지(井上洋治), 일본그리스도교단출판국

10 —— 각오에 대한 자각

《전부 당연한 것이다》 이케다 아키코(池田晶子), 토란스뷰

11 —— 이별이 아니다

《기리시탄의 고장(切支丹の里)》 엔도 슈사쿠(遠藤周作),
추코문고

12 —— 말로 새길 수 없는 조각

《녹색의 태양 — 예술논집》 다카무라 코타로(高村光太郎),
이와나미문고

13 —— 이 세상에 존재한다는 사실

《스가 아쓰코(須賀敦子)전집》 제1권, 가와데쇼보신샤 / 《안개
너머에 살고 싶다》 스가 아쓰코, 가와데쇼보신샤

14 —— 꽃을 공양하는 마음으로

《꽃의 편지를 — 기댈 곳 없는 영혼의 기도》 이시무레 미치코,
중앙공론 2013년 1월호

15 —— 신뢰의 눈길

《크리스마스 캐럴》 찰스 디킨스, 와키 아키코(脇明子) 역,
이와나미 소년문고

16 —— 슬프도다, 그대여

《고금와카집(古今和歌集) 현대어 역》 다카다 히로히코(高田祐彦)
역, 가도카와 소피아문고

17 —— 모사할 수 없는 그림

《읽기와 쓰기, 이즈쓰 도시히코(井筒俊彦)의 수필집》
게이오대학출판회

18 —— 고독을 붙잡는다

《기시다 류세이(岸田劉生) 수필집》 사카이 타다야스(酒井忠康) 편집, 이와나미 문고

19 —— 이력서에 담아낼 수 없는 인생의 진실들

《선의 제일의(禅の第一義)》 스즈키 다이세쓰(鈴木大拙), 헤이본샤라이브러리

20 —— 일대일의 만남

《융 심리학과 불교》 가와이 하야오(河合隼雄), 〈심리요법〉 컬렉션 V, 이와나미 현대문고

21 —— 시는 영혼의 노래

《호리 다쓰오(堀辰雄)전집》 별권 2, 치쿠마쇼보

22 —— 슬픈 꽃

《오카쿠라 덴신(岡倉天心) 전집》 제1권, 헤이본샤

23 —— 그녀

《삶의 보람에 대해》 가미야 미에코(神谷美恵子) 컬렉션, 미스즈쇼보

24 —— 색깔 없는 색

《신고금와카집》 구보타 준(久保田淳) 역, 가도카와 소피아문고 / 《겐지 이야기의 색, 색이 없는 세계로》 이하라 아키(伊原昭), 가사마쇼인

25 —— 문학의 경험

《소세키의 삶의 여정》 아키야마 유타카(秋山豊), 토란스뷰

26 —— 죽은 자의 계절

《슬픔을 바라보며》 C.S.루이스 종교저작집6, 니시무라 도오루(西村徹) 역, 신쿄출판사

—— 끝머리

《밤의 기도, 릴케를 읽다》 시무라 후쿠미(志村ふくみ), 인문서원

옮긴이

김순희

일본 오사카에서 태어났고 칸세이가쿠인(關西學院)대학교 문학부를 졸업했다. 한국외국어대학교 대학원 일본어과 박사과정을 수료했고 일본 도요(東洋)대학교에서 문학박사 학위를 받았다. 한국외국어대학교 통번역대학원 강사·서울대학교 어학연구소 강사, 이화여자대학교 통번역대학원 겸임교수를, 한국문학번역원 아카데미 일본어과 교수를 역임했다. 2012년 9월 일한문화교류기금상을 수상했다. 이승우 작가의 《미궁에 대한 추측》 일본어 번역으로 2016년 제14회 한국문학번역상을 수상했다.

한국어로 옮긴 책으로 《다도와 일본의 미》, 《야나기 무네요시 평전》, 《아사카와 다쿠미 평전》 등이 있고, 일본어로 번역한 책으로는 법정 스님의 《무소유》, 이승우 작가의 《생의 이면》, 《식물들의 사생활》, 《한낮의 시선》 등이 있다. 일본문학과 대한민국의 문학의 교류, 그리고 출판에 평생 몸과 마음을 바쳐 일했으며 2018년 타계했다.

안민희

동덕여대 일본어과, 한국외대 통번역대학원을 졸업했다. 일본과 한국 기업에서 통번역직으로 근무하고, 현재 통번역 프리랜서로 활동하고 있다. 북노마드 일본 근대문학 단편선을 번역했다.